Über dieses Buch

In den Märchen begegnen wir den verschiedensten Wünschen: einerseits sind es die wahren, echten, glücklichen Wünsche, andererseits sind es falsch angelegte, törichte, unglückliche Wünsche. Dazu kommen noch die Ver-Wünschungen, die böse zauberkräftige Wünsche, aber auch Erlösung in sich tragen.

Die Herausgeber haben in diesem Buch europäische Märchen vom Wünschen zusammengetragen. Wunderbarerweise finden wir in dieser Auswahl auch Märchen, die wie in alten Zeiten in einer Gastwirtschaft oder auf einem Hof erzählt wurden. Für uns wurden sie aufgeschrieben und übersetzt.

Dabei können wir feststellen, dass die gleichen Wünsche – je nach Charakter und Erkenntnis des Helden oder der Heldin – sich ins Positive oder Negative wenden können. Nicht immer kann man also objektiv und von vornherein von guten oder schlechten Wünschen sprechen. Es ist der Ausgang des Märchens, der hierüber entscheidet.

Als bunte Zugabe schenkt uns diese Sammlung manche sprachliche Eigenart im Lokalkolorit und somit einen besonderen Zugang zu den Landstrichen, aus denen diese Erzählungen stammen.

Über die Herausgeber

Sigrid Früh, Jahrgang 1935, studierte Germanistik und Volkskunde und ist eine der bekanntesten Märchenforscherinnen und Märchenerzählerinnen Deutschlands. In zahlreichen Seminaren und Vorträgen bringt sie Märchen einem breiten Publikum nahe. Sie lebt und arbeitet in Fellbach in der Nähe von Stuttgart. Weitere Informationen unter: www.sigrid-frueh.de

Hariolf Reitmaier, Jahrgang 1951, stammt aus Heilbronn. Als gelernter Zeitungsredakteur hat er in fast allen journalistischen Sparten gearbeitet, u. a. bei der Rhein-Neckar-Zeitung, der Heilbronner Stimme, der Stuttgarter Zeitung, der Deutschen Presseagentur, Quick und der Abendpost-Nachtausgabe. Anfang der 80er Jahre wechselte er zum ZDF, wo er besonders im investigativen Bereich für die Redaktionen »heute« , »heute-Journal«, »Länderspiegel«, »Studio 1« und »Frontal«, zuletzt als stellvertretender Leiter des Landesstudios Baden-Württemberg tätig war.

Märchen vom Wünschen

Herausgegeben
von
Sigrid Früh
und
Hariolf Reitmaier

KÖNIGSFURT-URANIA

Für Michaela und für das Patenkind Maria

Bibliographische Information der Deutschen Nationalbibliothek

Die Deutsche Nationalbibliothek verzeichnet diese Publikation in der Deutschen Nationalbibliographie; detaillierte bibliographische Daten sind im Internet über http://dnb.d-nb.de abrufbar.

Sonderausgabe
Krummwisch bei Kiel 2009

D-24796 Krummwisch
www.koenigsfurt-urania.com

Umschlaggestaltung: Stefan Hose, Götheby-Holm,
unter Verwendung eines Motivs von Lo Scarabeo
Lektorat und Redaktion: Claudia Lazar
Satz: Stefan Hose, Götheby-Holm
Druck und Bindung: CPI-Moravia Books
Printed in EU

ISBN 978-3-86826-009-0

Inhalt

Glückliche Wünsche

Unglückliche und törichte Wünsche

Verwünschung und Erlösung

Glückliche Wünsche

Hansel, der Holzschuh-schnitzer

Mitten in unserem Dorf lebte in alten Zeiten ein Holzschuhschnitzer mit Namen Hansel. Er suchte sich draußen im Wald das beste Holz, das er finden konnte. Daraus machte er die schönsten Schuhe, die er mit allerlei Figürchen verzierte: Herzen, Blätter und Blümchen schnitzte er hinein und malte sie schön schwarz an. Schönere Holzschuhe konnte man weit und breit nirgendwo mehr finden. Bei der Arbeit pfiff und sang er den ganzen lieben langen Tag bis spät in die Nacht hinein.

Neben seinem Häuschen, das er von seiner Mutter geerbt hatte, stand ein anderes Häuschen. Und in dem wohnte ein schönes, frisches junges Mädchen. Es war die Gretel. Sie spann fleißig den Flachs, sang und lachte dabei und war stets guter Dinge. Und da dachte Hansel, der Holzschuhschnitzer, bei sich: »Wir könnten doch unsere Sous zusammenlegen und unsere Geißen in einen Stall stellen. Wir könnten doch einen Hausstand gründen. Ich könnte Holzschuhe schnitzen, und die Gretel könnte spinnen.«

Und wie er noch so darüber nachdachte und vor sich hin pfiff, kam auf einmal eine alte Frau vorüber und blieb vor seinem Häuschen stehen. Sie schaute in die Stube hinein und klopfte dann an die Tür. Der Holzschuhschnitzer öffnete ihr und hieß sie hereinkommen.

Die Alte war barfuß und ganz in Lumpen gehüllt. Ihre Füße waren zerschunden von den Steinen und Dornen, über die sie hinweggegangen war. Sie trug unterm Arm einen Korb, in dem lagen ein paar Brotkrumen.

»Guten Abend«, sprach sie, »ich hätte gern ein Paar Holzschuhe. Was kosten sie denn?«

Der Hansel betrachtete die arme Frau und sprach: »Gute Frau, hier sind ein Paar Holzschuhe. Für Euch kosten sie nichts. Euch verkaufe ich sie nicht, für Euch gebe ich sie umsonst.«

Da sprach die Alte: »Habt vielen, vielen Dank, vergelt's Euch Gott. Aber ich will Euch doch etwas geben für Eure Großherzigkeit. Hier ist ein Kirschkern, den pflanzt in Euren Garten. Es wird ein Bäumchen daraus wachsen, und das trägt Kirschen im Sommer wie im Winter, im Frühling wie im Herbst.«

Während sie dies sprach, suchte sie sich ein Paar Holzschuhe aus, zog die Schuhe an und sprang damit wie ein junges Häslein das Tal hinab.

Der Holzschuhschnitzer drehte den Kirschkern in seiner Hand hin und her und schüttelte den Kopf.

»Ein Kirschkern, aus dem ein Baum wird, der im Sommer und im Winter, im Frühling und im Herbst Kirschen trägt?« Er konnte es kaum glauben. Aber seine Neugier war doch sehr groß, und so pflanzte er den Kirschkern in den Garten, und zwar am besten Platze.

Und im Frühling kam in der Tat ein Bäumchen aus der Erde hervor und trieb Äste und Blätter. Im Jahr darauf, mitten im Winter, als alles dick voller Schnee lag, hing das Bäumchen voll der schönsten roten Kirschen, wie man noch nie welche gesehen hatte. Als es Weihnachten wurde, brach der Holzschuhschnitzer die schönste und dickste Herzkirsche ab und schenkte sie der Gretel.

Wie sich nun die Gretel darüber freute, fasste er sich ein Herz und gab ihr einen Kuss. Da gab sie ihm auch einen. Und der Hansel ging in sein Häuschen zurück und war voller Glück und pfiff und sang auf dem ganzen Weg zur Mitternachtsmette. Gretel aber sang in jener Christmette wie eine Lerche, die zum Himmel fliegt.

Der Schnee lag in jenem Jahr so hoch wie eine Häuserwand. Da geschah es, dass die einzige Tochter des Königs schwer krank wurde. Der König hatte alle Ärzte des ganzen Landes rufen lassen. Sie konnten aber alle nicht sagen, was der Prinzessin fehlte. Diese aber jammerte und klagte immerzu, sie würde gesund werden, wenn sie nur frische Kirschen zu essen bekäme.

Dies sprach sich nun überall herum und kam auch der Base des Holzschuhschnitzers und dem Bürgermeister unseres Dorfes zu Ohren. Es gelangte die Kunde auch nach Paris, dass dort bei uns ein Holzschuhmacher wohne, der einen Kirschbaum besäße, an dem auch im Winter die schönsten Früchte hingen.

»Das glaube ich nicht«, sprach der König, »denn so etwas ist wider die Natur. Wenn es aber wahr ist, so will ich von den Kirschen haben für meine kranke Tochter. Der Bursche soll der Mann meiner Tochter werden, und der Kirschbaum wird in den Schlossgarten gepflanzt.«

Der Bürgermeister des Dorfes ging zum Holzschuhschnitzer und sprach: »Du musst dem König von deinen Kirschen bringen. Er glaubt nicht, dass es solche mitten im Winter gibt. Wenn seine Tochter gesund wird, so sollst du sie zur Frau bekommen und sollst einmal König werden.«

Der junge Mann kratzte sich hinter den Ohren und sprach: »Ich will gar nicht König werden. Paris ist weit von hier, und ich kann doch nur ein Mädchen liebhaben.«

Sie sprachen ihm aber alle gut zu, und endlich ließ er sich überreden und füllte die schönsten Kirschen in einen Korb. Der Bürgermeister spannte den Braunen an, und sie fuhren mitten im Winter nach Paris. Und im Stillen hoffte der Bürgermeister, er könnte sich einen Orden verdienen, wenn die Prinzessin gesund würde.

Als sie nun nach Paris kamen, fragten sie nach dem Weg zum Schloss. Als sie dieses erreicht hatten, brauchte der Holzschuhschnitzer nur das Tuch von seinem Korb zu nehmen, und die erste, die zweite und die dritte Wache ließen ihn passieren.

Vor dem König nahm der Holzschuhschnitzer seine Pelzmütze ab und begrüßte ihn. Der König konnte sich nicht genug wundern über die schönen Kirschen und konnte nicht genug danken dafür. Er brachte die Kirschen seiner Tochter, und ein paar Minuten später stand sie frisch und gesund mit roten Backen, so rot wie die Kirschen, vor ihm. Da dankte der König dem Hansel in langen Reden und mit viel feierlichem Getöse. Von einer Hochzeit mit seiner Tochter sprach er kein Wort mehr. Er gab dem Holzschuhschnitzer ein Säckchen, das ganz mit Goldstücken gefüllt war. Der Bürgermeister aber sprach: »König, habt Ihr nicht gesagt, dass derjenige, der Eurer Tochter die Kirschen bringt und sie gesund macht, Eure Tochter zur Gemahlin bekommen und einmal das Königreich erben wird?«

Der König antwortete: »Ja, aber seht doch, ein Holzschuhschnitzer und eine Königstochter, das passt doch nicht zusammen! Er ist ja ein schöner junger Mann. Aber meine Tochter ist doch ein wunderschönes Mädchen und zudem eine Prinzessin. Das kann doch nicht gutgehen, eine solche Hochzeit. Habe ich denn wirklich dergleichen versprochen?«

Da verlor der Hansel die Geduld und rief: »König, ich bin nicht gekommen, um die Prinzessin zu heiraten, sondern um sie gesund zu machen. Ich brauche keine Prinzessin. Ich habe eine Liebste, die habe ich gern und die ist viel schöner als Eure Tochter!«

Sprach's, drehte sich auf dem Absatz um, warf den Goldsack zu Boden und lief zur Tür hinaus. Da machte der König ein dummes Gesicht. Die Prinzessin weinte und fiel in Ohnmacht. Der Bürgermeister aber hob das Säckchen auf und sprach: »Das ist für die Mühe und die lange Reise.«

Als sie nun wieder zu Hause waren, stand da die alte Bettlerin vor Hansels Häuschen und sprach: »Weil dir die Gretel lieber war als die Prinzessin, sollst du alles haben, was du dir nur wünschen kannst und haben willst. Hier ist ein Stöckchen. Jedes Mal, wenn du damit auf den Boden schlägst, geht dein Wunsch in Erfüllung.«

Und da wünschte sich der Hansel zuerst, dass die Gretel seine Frau werde. Er ging sogleich zu ihr, und sie sagte auch auf der Stelle »ja«.

»Gut«, sprach er, »und jetzt wünsche ich mir, dass mein Häuschen doppelt so groß wird, und dass viele Möbel darin sind und alles, was sich für einen ordentlichen Hausstand gehört.«

Als er am anderen Morgen erwachte, war dies geschehen, wie er es sich gewünscht hatte. Da feierten sie das Hochzeitsfest, der Holzschuhschnitzer und die Gretel, und sie wurden glücklich miteinander. Und wenn der Hansel sich mit dem Stöckchen etwas wünschte, so bekam er's. Aber die beiden verlangten nie zu viel. Sie halfen immer den Armen. Zehn Kinder hatten sie, die alle wohl gerieten. Die Buben wurden Gesellen in ihres Vaters großer Werkstatt. Und der Hansel schnitzte Holzschuhe aller Art und in allen Größen und versorgte die ganze Gegend damit. Schönere und bessere als die vom Hansel, dem Holzschuhschnitzer, gab es im ganzen Lande nicht mehr.

Und wenn man sich nach Holzschuhen umschauen würde, wie in jenen Tagen, so würde der Hansel wahrscheinlich heute noch leben und Holzschuhe schnitzen.

Volkserzählung aus Lothringen

Tapalapautau

Es war einmal ein Mann, der hatte so viele Kinder, wie Löcher sind in einem Sieb. Eines Tages ging er von zu Hause fort, um in der Ferne das Glück zu suchen. Unterwegs begegnete ihm der liebe Gott. Er sprach zu ihm: »Wohin gehst du, lieber Freund?«

»Ich gehe landauf, landab, denn ich bin auf der Suche nach Brot für mich und die Meinen.«

»Sieh«, sprach der liebe Gott, »hier ist ein Tuch. Du brauchst ihm nur zu sagen: ›Tüchlein, tu deine Pflicht!‹, dann wirst du sehen, was geschieht.«

Da dankte der arme Mann dem lieben Gott, nahm das Tuch und probierte es sogleich aus. Als er es auf der Erde ausgebreitet hatte, sprach er: »Tüchlein, tu deine Pflicht!«

Da war das Tuch im selben Augenblick mit den köstlichsten Speisen bedeckt. Voller Freude machte er sich auf den Heimweg. Weil es aber schon spät am Abend war, ging er in eine Herberge, um dort die Nacht zu verbringen. Zum Wirt sprach er: »Seht dieses Tuch. Hütet euch, dieses Tuch auszubreiten und zu ihm zu sagen: ›Tüchlein, tu deine Pflicht!‹«

»Seid deswegen ohne Sorge, guter Freund.«

Kaum aber hatte der Mann sich schlafen gelegt, als der Wirt auch schon das Tuch ausbreitete und sprach: »Tüchlein, tu deine Pflicht!«

Wie aber verwunderte er sich, als er sah, dass das Tuch sich im selben Augenblick mit Brot, Wein, Fleisch und allem, was zu einer guten Mahlzeit gehört, bedeckte. Damit konnte er alle Gäste seines Hauses bewirten.

Am nächsten Morgen behielt er das wunderbare Tuch für

sich und gab dem armen Mann ein anderes, das genauso aussah. Dieser merkte nichts von dem Tausch und zog frohgemut nach Hause.

Als er daheim angekommen war, rief er seiner Frau schon in der Haustüre entgegen: »Meine liebe Frau, von nun an wird es uns an nichts mehr mangeln!«

»Lieber Mann, oft hast du uns dies schon gesagt, und doch hat sich niemals etwas geändert.«

Da zog der Mann das Tuch aus seiner Tasche, breitete es aus und sprach: »Tüchlein, tu deine Pflicht!« Aber nichts geschah. Er wiederholte die Worte wohl zwanzigmal, doch nichts rührte sich.

Schließlich musste er sich wieder auf den Weg machen, um Brot zu suchen. Zum zweiten Male begegnete ihm unterwegs der liebe Gott. »Wohin gehst du, lieber Freund?«

»Ich gehe landauf, landab, denn ich bin auf der Suche nach Brot für mich und die Meinen.«

»Was hast du denn mit deinem Tuch gemacht?«

Da erzählte der Mann, was ihm zugestoßen war.

»Was bist du aber auch für ein Dummkopf!«, rief der liebe Gott. Dann sprach er: »Sieh, hier ist ein Esel. Du brauchst ihm nur zu sagen: ›Gib mir Taler!‹, dann wirst du sehen, was geschieht.«

Der arme Mann dankte dem lieben Gott und nahm den Esel an einem Strick mit. Weil aber die Nacht schon hereinbrach, ging er in dieselbe Herberge, in der er schon einmal die Nacht verbracht hatte. Zum Wirt sagte er: »Wagt es ja nicht, dem Esel zu sagen: ›Gib mir Taler!‹«

»Seid deswegen ohne Sorge, guter Freund«, antwortete er.

Kaum aber hatte der Mann sich schlafen gelegt, als der Wirt auch schon zu dem Esel sprach: »Gib mir Taler!«

Da prasselten die Taler in Hülle und Fülle auf den Boden

nieder. Der Wirt wunderte sich darüber nicht wenig. Er hatte selbst einen Esel im Stall, der diesem aufs Haar glich.

Am anderen Morgen gab er dem Mann seinen Esel mit, den Goldesel aber behielt er für sich. Wieder hatte der arme Mann nichts von dem Tausch gemerkt.

Zu Hause angekommen, rief er seiner Frau zu: »Jetzt werden wir Geld haben, so viel wir nur wollen!«

Die Frau glaubte es ihm aber nicht. Da sprach der Mann zu dem Esel: »Gib mir Taler!« Der Esel aber blieb stumm stehen und tat überhaupt nichts. Da zog der Mann ihm mit dem Knüppel eins über. Aber der Esel ließ deswegen auch keine Taler fallen.

So kam es, dass unser armer Mann wieder auf der Straße dahinwanderte. Und zum dritten Male begegnete ihm der liebe Gott: »Wohin gehst du, lieber Freund?«

»Ich gehe landauf, landab, denn ich bin auf der Suche nach Brot für mich und die Meinen.«

»Was ist denn aus deinem Esel geworden?«

Da erzählte der Mann, was ihm zugestoßen war.

»Ach, was bist du aber auch für ein unverbesserlicher Dummkopf!«, rief der liebe Gott. Dann aber sprach er: »Sieh, hier hast du einen Stock. Du brauchst ihm nur zu sagen: ›Tapalapautau‹, und er wird sofort alle Leute verprügeln. Willst du ihn zurückrufen, so sage nur ›Alapautau‹.«

Der arme Mann dankte dem lieben Gott und nahm den Stock mit sich. Weil es aber schon dunkel geworden war, ging er in die gleiche Herberge, in der er schon zweimal die Nacht zugebracht hatte. Und er sprach zu den Wirtsleuten: »Dass Ihr mir ja nicht zu dem Stock sagt: ›Tapalapautau‹!«

»Oh, nein, schlaft nur in Ruhe!«, antworteten sie.

Kaum hatte sich der Mann schlafen gelegt, da beeilten sich die Wirtsleute, dem Stock zu sagen: »Tapalapautau!«

Im selben Augenblick begann der Stock wild und wütend auf sie einzuschlagen, dass sie glaubten, er würde ihnen alle Knochen brechen. »He, guter Mann«, schrien sie, »ruft Euren Stock zurück! Wir geben Euch auch das Tuch und den Esel wieder!«

Da sprach der Mann zu dem Stock: »Alapautau!« Und im selben Augenblick hörte der Stock mit seiner Arbeit auf. Schnell gaben sie ihm das Tuch und den Esel zurück, denn noch einmal wollten sie mit dem Stock nicht Bekanntschaft schließen.

Der Mann aber kehrte nach Hause, nach Lothringen, zurück und lebte von nun an glücklich und zufrieden mit seiner Frau und seinen Kindern.

Märchen aus Lothringen

Henri und Henriette

Im Vaucluse-Gebirge lebte einst ein armer Bauer, dem war seine Frau gestorben. Er hatte zwei Kinder, einen Sohn und eine Tochter, Henri und Henriette mit Namen. Die beiden waren Zwillinge, und sie liebten einander von Herzen.

Eines Tages geschah es, dass gar kein Geld mehr im Haus war. Da beschloss der Vater, in die große Stadt auf den Jahrmarkt zu reiten, um dort sein Glück zu versuchen.

Als er sich von seinen Kindern verabschiedete, sprach er zu ihnen: »Ich werde nun eine weite Reise machen. Haltet mir das Häuschen in Ordnung und versorgt alles wohl. Sollte das Glück mir hold sein und ich einen guten Verkauf machen können, so will ich euch beiden mitbringen, was ihr euch wünscht.«

Da wünschte sich der Knabe ein edles weißes Ross, das Mädchen aber einen Rosenstock mit roten Rosen. Der Bauer versprach, wenn irgend möglich, das Gewünschte mitzubringen, befahl sich Gott und zog von dannen.

Allein, es wollte ihm in der Stadt das Geschäft nicht glücken, und er hatte nur wenige Münzen erworben, kaum dass es reichte, das täglich Brot dafür zu kaufen.

Traurig ließ er den Kopf hängen und ritt heimwärts. Da stand auf einmal ein steinaltes Weiblein vor ihm, und die bat ihn mit zitternder Stimme um ein Almosen. Da ergriff ihn Mitleid mit der Alten, und er gab ihr seine letzten Münzen hin.

Da sprach sie zu ihm: »Ich sehe, du hast ein gutes Herz, und deine Großmut soll dir nicht zum Schaden sein. Sage mir doch, was dich so sehr bedrückt, denn ich merke wohl, dass ein großer Kummer dich plagt.«

»Ach«, antwortete der Bauer, »es geht mir kaum besser als dir, denn auf der Welt ist mir nicht viel mehr geblieben als meine beiden Kinder, und nun muss ich auch sie betrüben.«

Und er erzählte ihr all sein Ungemach.

»Wenn es weiter nichts ist, so kann ich dir wohl helfen«, sprach die Alte.

Sie führte ihn in ein einsames Waldhäuschen. Dort wuchs neben der Tür ein wunderschöner Rosenstock, so schön, wie der Bauer noch nie einen gesehen hatte. Drei Rosen blühten daran in unsagbarer Pracht, und es waren da noch unzählige Knospen. Ein herrlicher Duft ging von dem Rosenstock aus.

»Nimm diesen Rosenstock mit dir«, sprach die Alte. »Er soll deiner Tochter Segen bringen. Aber wisse, dies ist kein gewöhnlicher Rosenstock. Er besitzt nämlich die Gabe, gute und böse Tage zu verkündigen. Geschieht deiner Tochter ein Unglück, so werden die Rosen ihre schöne rote Farbe verlieren und welk und blass werden. Stirbt sie gar, so werden sie fahl und fallen ab. Ist deine Tochter aber am Leben und erfreut sie sich guter Gesundheit, so wird der Rosenstock gedeihen und prächtige Blüten hervorbringen.«

Dann trat sie in den Stall hinter dem Häuschen und führte einen herrlichen Schimmel heraus. Der Bauer konnte sich nicht satt sehen an seiner Schönheit.

»Dieser Schimmel möge deinem Sohn zum Glück gereichen. Nimm ihn mit dir, er wird Henri einst Rettung bringen in großer Not. Wenn du aber den Kindern die Gaben bringst, so denke dabei auch an mich.«

Der Bauer wusste nicht, wie er der Alten danken konnte, versprach, immer an sie zu denken, und ritt frohen Herzens heim.

Als Henri und Henriette den Vater und noch dazu den Schimmel und den Rosenstock sahen, konnten sie sich nicht lassen vor Freude. Der Bauer aber gedachte wohl der Worte der Alten und erzählte auch, was es mit dem Rosenstock und dem Schimmel auf sich hatte.

So lebten sie lange Jahre in Frieden und Eintracht. Wenn sie auch keine Reichtümer besaßen, hatten sie doch ihr Auskommen. Aus Henri war ein stattlicher Jüngling geworden, Henriette aber war die schönste Jungfrau weit und breit.

Eines Tages ging Henriette hinaus in den Wald, um Beeren zu suchen. Je tiefer sie in den Wald eindrang, desto mehr Beeren fand sie, und in ihrem Eifer kam sie ganz vom Weg ab. Das Unglück wollte es, dass sie in den verzauberten Wald geriet, in dem ein scheußlicher Drache herrschte. Schon kam der Drache geflogen, und Feuer und Flammen sprühten aus seinen sieben Mäulern. Er ergriff Henriette und brachte sie in seinen Palast, wo er schon viele Jungfrauen und Jünglinge gefangen hielt, die ihm alle als Knechte und Mägde dienen mussten.

Als Henriette nun nicht wiederkehrte, weder am ersten noch am zweiten noch am dritten Tag, da weinten der Vater und der Bruder bittere Tränen um sie. Sie sahen wohl, dass Henriette ein Unglück zugestoßen war, denn die Rosen hatten ihre rote Farbe verloren und waren welk und blass geworden.

»Meine Schwester lebt immerhin«, sprach Henri zu seinem Vater, »denn noch sind die Rosenblätter nicht abgefallen. Lass mich hinausziehen in die weite Welt. Vielleicht kann ich meine Schwester finden und sie erretten. Ich halte es hier nicht länger aus, ich will und muss gehen und ihr helfen.«

»Ach, soll ich auch dich verlieren, mein einziges Kind!«, klagte der Vater.

Schweren Herzens willigte er ein, segnete Henri und sah zu, wie er auf dem herrlichen Schimmel davonsprengte.

Henri aber ritt und ritt. Er geriet in einen tiefen, dunklen Wald. Das Gestrüpp legte sich wie Fallen um die Fesseln seines

Schimmels, und das Tier begann zu zittern. Immer unheimlicher wurde es in dem Wald, denn es war der Drachenwald. Henri aber war jung, stark und kühn, und er ritt unverdrossen weiter. Auf einmal bäumte das Ross sich auf und schlug mit den Vorderhufen kräftig gegen den Stamm einer uralten Korkeiche und wieherte laut dabei. Da öffnete sich der Baumstamm, und es trat die alte Frau, die Henris Vater einst Schimmel und Rosenstock gegeben, hervor.

Sie war aber jung und schön wie der lichte Tag und sprach zu ihm: »Lange schon warte ich auf mein Ross und auf dich. Wisse, schöner Jüngling, ich bin die Alte, der dein Vater einst begegnete. Folge meinem Rat, dann wird es dir und mir wohl ergehen. Reite nur immerzu geradeaus, so wirst du, bevor es Nacht sein wird, das Ende dieses Waldes erreicht haben. Vor dir wird ein weites grünes Tal liegen und mitten darin ein prächtiger Palast, der von einer hohen Mauer umgeben ist. Geh nur geradezu und unverdrossen hinein. Alle, die dort wohnen, sind stumm. Bringe die Nacht in dem Palast zu. Des Morgens aber gehe hinaus in den Garten. Du wirst eine Stelle finden, wo die Erde aufgewühlt ist, als sei ein Pflug darüber gefahren. Hier hast du einen Stab. Schlage damit dreimal, so stark du kannst, auf jene Stelle, und dann eile zum Palast zurück. Wenn du tust, wie ich dir geraten, wirst du Henriette und all die anderen Jungfrauen und Jünglinge retten, die in der Gewalt eines scheußlichen Drachens sind. Nun aber eile und spute dich, denn vor Einbruch der Dämmerung musst du dort sein.«

Henri tat, wie ihm geheißen. Er gab dem Ross die Sporen und ritt mutig dahin. Endlich lichtete sich der unheimliche Wald, und Henri gewahrte das grüne Tal und den prächtigen Palast. Fast war es schon dunkel geworden. Zwei steinerne Löwen bewachten das Portal. Als er darauf zuritt, sprang die Pforte mit Donnern von alleine auf. Henri gelangte in einen großen Hof, in dessen Mitte ein steinerner Brunnen stand. Henri tränkte seinen Schimmel und betrat den Palast. Er kam durch herrliche Säle und konnte sich kaum satt sehen an all den Kostbarkeiten. Endlich kam er in ein Zimmer, in dem ein Tisch mit drei Gedecken stand. Er ließ sich an dem Tisch nieder. Da öffnete sich die Tür, und es traten zwei ganz in Schwarz gekleidete Frauen herein. Sie sprachen kein Wort. Schweigend speiste Henri mit ihnen. Lange Zeit tafelten sie, denn die Diener trugen viele Schüsseln der köstlichsten Gerichte auf, dazu besten Wein aus der Provence. Nach dem Mahl führte ein Diener ihn in ein Schlafgemach. Henri legte sich müde in das frisch gedeckte Bett und schlief sogleich ein.

Als aber die Uhr zwölf schlug, gab es ein gewaltiges Brausen und Krachen, dass Henri davon erwachte. Der Palast bebte, und das Bett schwankte hin und her wie ein Schiff in größtem Sturm, so sehr, dass Henri hinausgeworfen wurde und sich auf dem Fußboden wiederfand.

Danach aber war alles ruhig, so als sei nichts geschehen. Da legte sich Henri wieder in das Bett und schlief bis zum Morgen. Als die ersten Sonnenstrahlen sein Gemach beschienen, begab er sich in den Garten. Er fand bald die aufgewühlte Stelle, nahm den Stab und schlug damit dreimal, so kräftig er nur konnte, darauf. Der Stab wurde in seiner Hand schwerer und schwerer. Aber er nahm alle Kraft zusammen. Nach dem dritten Schlag bebte die Erde, Donner und Blitz erfüllten die Luft, und Rauch und Feuer stiegen zum Himmel. Henri eilte in den Palast zurück.

Der Zauberstab hatte den Drachen in tausend Stücke zerrissen, die wie Hagelkörner niederprasselten.

Drinnen fand Henri seine geliebte Schwester, und sie umarmten und küssten sich. Dann traten all die anderen Jungfrauen und Jünglinge hinzu und priesen Henri als ihren Retter. Glücklich kehrten sie alle miteinander heim. Der alte Bauer konnte sich vor Freude nicht lassen, als er seine beiden Kinder wiederhatte.

Die wunderschöne Jungfrau aber, die einst die Alte gewesen, nahm Henri zum Mann. Henriette aber vermählte sich mit einem Königssohn, der auch in die Gewalt des Drachen geraten war. Und so lebten sie alle noch lange glücklich und zufrieden in dem Palast des Drachen.

Auch ich war auf ihrem Jubelfest und habe mich dort ordentlich übergessen.

Märchen aus Südfrankreich

Das Graumännchen

Es war einmal ein einfältiger Bauersmann, der wenig von den Listen und Ränken dieser Welt kannte. Einst war er am Sonntag im Hochamt und hörte, wie der Priester von der Kanzel herab verkündigte, wer den Armen etwas gäbe, dem würde es unser lieber Herrgott siebenmal zurückerstatten. Zu Hause angekommen, erzählte er seiner Frau, welch einen schönen Spruch der Herr Pfarrer in der Kirche getan hätte, und setzte hinzu: »Liebes Weib, wir wollen auch fortan danach handeln. Wir haben zwei Kühe im Stall. Wir wollen eine davon den Armen schenken.«

»Hans, mach keine Dummheiten«, meinte die gute Grete, »wir sind selbst arme Leute und brauchen alles, was wir haben.« Der Mann aber ließ sich von seinem Vorhaben nicht abbringen. Er ging in den Stall, band eine der beiden Kühe los und führte sie zum Hof hinaus. Als er auf der Landstraße angelangt war, traf er einen Mann an, der trug einen schweren Sack auf der Schulter. Er grüßte ihn und rief ihm zu: »Heda, lieber Freund, was trägst du denn da?« Da antwortete ihm der Fremde: »Knochen und auch Fleisch.«

»Weißt du was«, meinte der Bauersmann, »wir wollen einen Tausch eingehen. Ich gebe dir meine Kuh, und du überlässt mir deinen Sack.«

»Ist mir schon recht«, sagte der andere, nahm die Kuh und lud ihm dafür seinen Sack auf. So schieden die beiden voneinander, und jeder ging seines Weges.

Als der einfältige Bauernhans nach Hause kam und seinen Handel berichtete, schlug Frau Grete voll Entsetzen die Hände über dem Kopf zusammen.

»Hans, was hast du angestellt?«, rief sie ein übers andere Mal. »Unsere gute Milchkuh hast du verschenkt, und dafür bringst du mir diesen alten Sack. Wer weiß, was darinnen steckt?«

»Lass es gut sein, Frau«, sagte der Bauer gelassen, »mich reut der Tausch nicht. Du wirst sehen, er wird uns Glück bringen, und unsere Wünsche werden in Erfüllung gehen. Lass uns schauen, was der Sack enthält.«

Kaum war der Sack geöffnet, sprang zu ihrem Erstaunen ein graues Männchen heraus, verneigte sich zierlich vor Frau Grete und ihrem Manne und sagte mit einer feinen Silberstimme: »Fürchtet euch nicht vor mir und macht euch keine Sorgen. Ich werde euch wenig Unkosten verursachen und für eure und meine Nahrung reichlich sorgen.«

Graumännchen hielt Wort. In der Nacht ging es hinaus und holte das schönste Schaf aus der Herde des Königs, die in der Nähe des Dorfes weidete. So hatten sie genug Fleisch für mehrere Tage.

Als der König erfuhr, dass ihm ein graues Männchen seine besten Schafe entwendete, fürchtete er, es möge sich auch an seiner Rinderherde vergreifen, und befahl, der Herde einen anderen Weideplatz anzuweisen. Das erfuhr Graumännchen und beschloss, die ahnungslosen Rinderhirten zu überlisten.

Der Weg, den die Hirten mit ihrer Herde einschlugen, führte durch einen dichten Wald. Am Waldrand sahen sie an einem Baumast ein graues Männchen hängen, das vom Winde hin und her bewegt wurde. »Da hat sich sicherlich einer erhängt«, meinte der eine Hirt. »Lass uns näher hinzutreten und den Toten besehen.«

»Wir haben aber Eile«, antwortete der andere Hirte, »es ist uns doch befohlen, gegen Abend schon auf dem neuen Weideplatz zu sein. Lass den Toten hängen, was kann uns daran liegen, wer der Erhängte war. Man wird das schon ausfindig machen.« So redeten die beiden Männer miteinander und zogen mit ihrer Herde weiter.

Als sie am Ausgang des Waldes angelangt waren, da hing wieder ein graues Männchen an einem Baum. »Lass uns näher hinzutreten und den Toten besehen«, sagte der eine Hirte, »es ist zweifellos derselbe Mann, den wir diesen Morgen am Eingang des Waldes gesehen haben.«

»Nein, er ist es nicht«, entgegnete der andere, »das ist doch wohl nicht möglich.«

»Hätten wir doch vorher den Erhängten besser beschaut, so wüssten wir es genau.«

»Das können wir doch jetzt noch tun«, sagte sein Kamerad. »Wir lassen unsere Herde hier ruhig rasten, die Hunde werden schon gute Wache halten. Wir gehen indessen schnell zurück und sehen uns den Toten näher an.«

Gesagt, getan. Während sich die beiden Hirten aufmachten, griff sich Graumännchen die schönste Kuh aus der Herde, band ihr ein Seil um den Hals und führte sie in Bauerhansens Hof, wo sie geschlachtet und von dem Kleeblatt verzehrt wurde.

Als dem König die Kunde dieser neuen Freveltat zu Ohren kam, sagte er unmutig: »Das hat wieder niemand anders als das schändliche graue Männchen getan. Gerechter Gott«, rief er bestürzt aus, »am Ende holt mir der Schelm noch die Königin aus dem Schlosse heraus.«

»Sie selbst nicht, aber doch das Leintuch aus ihrem Bette«, ließ ihm Graumännchen zurücksagen.

Der König erschrak nicht wenig, als er das hörte, und befahl, niemanden ins Schloss hereinzulassen. Doch Graumännchen war listiger als alle Diener des Königs. Es gelang ihm eines Abends, sich unbemerkt ins Schloss einzuschleichen und zwei Kätzchen ins Bette der Königin zu legen. Dann schlich er wieder davon.

Kurz darauf betrat die Königin ihr Schlafgemach, fing an, sich zu entkleiden und legte sich ins Bett. Auf einmal stieß sie einen lauten Schrei aus, als sie etwas Lebendiges auf ihrem Lager fühlte. Kurzentschlossen packte sie das Leintuch, öffnete das Fenster und warf es samt seinem Inhalt hinaus. Graumännchen, das unten auf der Lauer stand, hob das Tuch triumphierend auf und lief schnell weg.

Als der König diese neue Untat des grauen Männchens erfuhr, entsetzte er sich über die Maßen und sagte zu seinen Hofleuten: »Wenn das so fortgeht, ist Graumännchen am Ende imstande, noch die Königin selbst zu entführen.« Um dies zu verhindern, gab er erneut Befehl, keinen Fremden ins Schloss einzulassen. Doch Graumännchen überlistete den guten König auch diesmal wieder.

Eines Tages erschien es vor dem Schlosstor und sagte dem Torhüter, es hätte in einer hochwichtigen Angelegenheit mit der Königin zu sprechen. Als der Torhüter ihm entgegnete, dass auf Befehl des Königs niemand ins Schloss eingelassen würde, sagte Graumännchen, er möge in diesem Fall die Königin bitten, selbst ans Tor zu kommen. Dort wolle er ihr die Mitteilung machen, die keinen Aufschub duldete.

Nach einigem Zaudern siegte bei der Königin die Neugierde. Sie hüllte sich in ihren Mantel und stieg mit bebendem Herzen in den Schlosshof hinunter. Am Tor erblickte sie das listige Graumännchen. Es trug einen Sack auf dem Rücken und redete sie unterwürfig an: »Große mächtige Frau Königin, was gebt Ihr mir wohl, wenn ich Euch folgende drei Dinge lehre: erstens, dass Ihr immer wisst, wo der König, Euer erlauchter Gemahl, ist; zweitens, dass Ihr immer kennt, was er denkt; und drittens, dass Ihr Euch jeden Augenblick überzeugen könnt, ob er Euch noch liebhat.«

Die Königin antwortete, sie gäbe viel darum, in den Besitz

dieser drei wunderbaren Geheimnisse zu kommen. Da sagte Graumännchen: »Ich kann Euch diese drei Dinge offenbaren, aber nicht hier, sondern nur in meinem Haus.« Die Königin antwortete: »Lieber Mann, das geht nicht an, denn der König hat mir aufs Strengste verboten, das Schloss zu verlassen. Und selbst wenn ich es täte, wie könnte ich ungesehen und unerkannt in dein Haus kommen?«

»Nichts leichter als das«, sagte das listige Graumännchen. »Frau Königin, wenn Ihr Euch nur entschließen wolltet, meinem Rat zu folgen, so ließe sich das ohne Mühe bewerkstelligen. Mit zwei Schritten seid Ihr vor dem Schlosstor. Ihr schlüpft dann in meinen Sack, und ich trage Euch unbemerkt auf dem Rücken in meine Wohnung, und kein Mensch hat eine Ahnung davon, dass Ihr des Königs Befehl übertreten habt. Wisst Ihr denn die drei Geheimnisse, so bringe ich Euch auf demselben Wege ins Schloss zurück, und kein Hahn wird danach krähen.«

Lange schwankte die Königin, dann ließ sie sich überreden und schlüpfte in den Sack. Graumännchen brachte sie in das Bauernhaus und sperrte sie in eine dunkle Kammer.

Am anderen Morgen rief die Abwesenheit der Königin am Hofe die größte Bestürzung hervor. Nach allen Richtungen wurden Boten ausgesandt, um sie zu suchen, aber keiner hatte eine Spur von ihr entdeckt. Der untröstliche König sagte hierauf: »Diesen Spuk hat uns niemand anders als das graue Männchen gespielt. In meinem Lande wird es keine Ruhe mehr geben, mein größter Wunsch ist, dass der schlimme Störenfried das Land verlässt.«

Nun wurden neue Boten ausgesandt, die waren glücklicher als die ersten und entdeckten die Königin in dem Bauernhaus und befreiten sie. Die Königin hatte mittlerweile ihren Ungehorsam bitter bereut und ihre Leichtgläubigkeit beweint. Mit reumütigem Herzen kehrte sie ins Schloss zurück, und der König verzieh ihr alles.

Er ließ Graumännchen eine große Geldsumme anbieten, wenn er auf immer das Land verlassen würde. Graumännchen sagte zum Bauernhans und zur Frau Grete: »Wohlan, lasst uns dies Anerbieten dankbar annehmen, denn das Sprichwort sagt: ›Wenn der Sack voll ist, soll man ihn zuschnüren.‹ Mit dem vielen Geld des Königs können wir unser Leben lang herrlich und in Freuden leben.« Sie nahmen das viele, viele Geld und verließen miteinander des Königs Land. Von dem grauen Männchen aber und seinen weiteren Taten hat man seitdem nichts mehr vernommen. Vielleicht hat es sich gebessert.

Märchen aus dem Elsass

Der dumme Michel

Es war einmal eine Bäuerin, die hatte einen Sohn namens Michel, der war nie weiter als vom Tisch bis an den Kachelofen gekommen, und da dachte sie endlich, du musst ihn doch einmal in die Welt schicken, und sprach daher zu ihm: »Geh, Michel, hinaus an den Teich und hole Wasser.«

»Jawohl«, sagte Michel, »aber wo ist denn der Teich?«

»Da musst du, wenn du aus der Haustür trittst, den Steig im Garten gerade hinuntergehen, dann wirst du ihn zur Linken finden.«

Michel machte sich gleich auf den Weg, fand auch wirklich Haustür, Garten und Steig und kam an den Teich. Wie er da den Eimer herauszieht, springt ein großer Hecht heraus, der bittet ihn, er möge ihn doch wieder ins Wasser werfen, er wolle es ihm wohl vergelten. »Habe ich dich denn heißen herausspringen?«, fragte Michel. »So springe du auch wieder hinein!«

Aber der Hecht bat gar zu sehr und versprach Michel endlich, was er wünsche, solle geschehen, nur solle er ihn ins Wasser werfen. Da tat er's denn, nahm seinen Eimer und ging wieder nach Hause. Nun hatte er aber draußen am Teich in der Ferne ein Haus gesehen, das glänzte prächtig wie lauter Silber und Gold, darum fragte er seine Mutter: »Mutter, was ist das da drüben für ein Haus, das man am Teich sieht?«

Sprach die Mutter: »Das ist des Königs Haus, da wohnt er mit der schönen Prinzessin drin.«

Wie Michel hörte, dass da eine schöne Prinzessin wohne, dachte er: »Ich will doch einmal versuchen, ob der Hecht wahr gesprochen, ich möchte, dass die Prinzessin schwanger werde.«

Nicht lange danach ward die Prinzessin wirklich schwanger, und als das der König erfuhr, wurde er sehr zornig und überhäufte sie mit bittern Vorwürfen. Sie aber schwor ihm hoch und heilig, dass niemand bei ihr gewesen, es müsse denn im Schlafe gewesen sein, aber der König wollte es nicht glauben. Zuletzt kam sie nieder und gebar einen Jungen, und da man den Namen des Vaters nicht wusste, wurde er nach dem Großvater genannt. Wie nun der Junge aber größer wurde, merkte er bald, dass der Großvater nicht sein Vater sei, fragte ihn daher: »Sage mir doch, wer ist mein Vater?«

»Du hast keinen Vater«, antwortete ihm jener. »Wie sollte ich wohl keinen Vater haben«, entgegnete der Knabe, »da doch jeder Mensch einen Vater hat, du magst's nur nicht wissen!« Da musste denn der alte König gestehen, dass er wohl einen Vater habe, dass ihn aber kein Mensch kenne.

Da sagte der Knabe: »Lass nur ein großes Gastgebot ergehen, ich will ihn mir schon herausfinden.«

Das tat denn der König, und nun kamen alle die Minister, Generale und solcher Leute mehr, die in den Staaten des Königs waren, zusammen. Der Knabe ging zu allen umher, betrachtete jeden genau, kam aber bald zum König zurück und sagte: »Darunter ist mein Vater nicht, du musst ein größeres Gastgebot erlassen!«

Darauf ließ der König alle seine Offiziere und Räte und auch einige der vornehmsten Bürger zusammenkommen. Der Knabe ging wieder prüfend umher, aber auch hier fand er seinen Vater nicht und sagte zum König: »Du musst ein allgemeines Gastgebot erlassen, dann will ich meinen Vater schon finden!«

Da kamen nun die Bürger und Bauern aus dem ganzen Lande zusammen, und als das Michels Mutter hörte, sagte sie zu ihm: »Michel, du musst auch hin nach dem prächtigen Schloss, der König hat ein allgemeines Aufgebot erlassen.«

Nun hatte Michel zwar nur einen einzigen schmutzigen Rock und einen alten dreitütigen Hut, aber die Mutter stutzte ihn so gut wie möglich zu, und so ging er denn zum Hofe des Königs. Wie nun alle versammelt waren, lief der Knabe emsig umher, und nicht lange währte es, da blieb er bei Michel im schmutzigen Rock mit dem dreitütigen Hut stehen, zog ihn an der Hand heraus vor den König und sagte: »Das ist mein Vater!«

Da wollte es der König erst nicht glauben und sagte dem Knaben, er müsse sich irren, doch der blieb steif und fest dabei, Michel sei sein Vater, so dass der König endlich ganz außer sich vor Zorn geriet und sagte, dass er nun weder Vater noch Mutter noch Kind bei sich behalten wolle. Er ließ sogleich eine große gläserne Kugel mit einer Schraube gießen, dass man sie öffnen und schließen konnte, ließ den Michel, seine Tochter und den Knaben hineinbringen, alle auf das Wasser setzen, und nun schwamm die Kugel auf der weiten See dahin.

Wie sie nun so ein ganzes Stück dahingeschwommen waren und die Königstochter traurig war, dass sie einen solchen Vater zu ihrem Kinde gefunden habe und nun hier elend würde umkommen müssen, da wünschte sich Michel, dass sie doch an eine Insel kommen möchten, und augenblicklich saß auch die Kugel auf einer solchen fest, sprang auseinander, und alle drei traten wohlbehalten heraus. Drauf wünschte sich Michel ein prächtiges Schloss mit der reichsten Bedienung und allen dazugehörigen Häusern, und gleich war alles da. Nun wurde die Prinzessin auch zufriedener. Michel wünschte sich prächtige Kleider, und so lebte er denn hier lange Zeit glücklich mit seiner Frau und seinem Kinde.

Aber endlich wuchs doch die Sehnsucht der Königstochter nach ihrem Vater und der Heimat immer mehr, und sie sagte das einst ihrem Manne, da wünschte er sich eine Brücke nach ihres Vaters Reich, sogleich stand eine da, und zwar war immer ein Balken von Gold, der andre von Silber. Nun stiegen sie in eine prächtige goldene Kutsche, fuhren übers Wasser zum Schloss des alten Königs, dessen Zorn legte sich sogleich, als er erfuhr, wie gut seine Tochter noch angekommen sei, und nun lebten sie glücklich und zufrieden bis an ihr Lebensende.

Märchen aus der Mark Brandenburg

Bernanoueille

Im Albret-Lande lebte einmal ein Hirte, der hieß Bernanoueille. Als er eines Tages seine Schafe am Ufer eines Baches weidete, begegnete ihm ein alter Mann, der ihn bat, dass er ihn auf die andere Seite des Baches tragen solle. Bernanoueille nahm den armen alten Mann auf die Schultern und trug ihn ans andere Ufer.

»Du hast mir einen Dienst geleistet«, sprach der Alte, »aber auch ich will dir einen Gefallen tun. Was wünschst du dir?«

»Du scheinst gleich mir ein armer Schlucker zu sein und nur wenige Heller zu haben. Was kannst du mir denn geben?«

»Gewiss, ich scheine arm zu sein, aber in Wahrheit bin ich es nicht. Als du mich trugst, da wusstest du nicht, dass ich der liebe Gott bin.«

»Oh, lieber Gott, wenn das so ist, dann bitte ich dich nur um eine Kleinigkeit. Wenn es Zeit ist, mit den Holzbündeln ins Dorf zurückzukehren, dann mache, dass das Holz mich trägt, anstatt dass ich es schleppen muss.«

»Nimm diesen Stab«, sprach der liebe Gott, »und wenn dein Bündel fertig ist, so sprich: ›Nach dem Willen dessen, den ich ans andere Ufer trug, trage mich!‹ Dann wird das Holzbündel dich dahin tragen, wohin du begehrst. Der Stab wird dir auch sonst jeden Wunsch, den du aussprichst, erfüllen.«

Bernanoueille dankte dem lieben Gott und verabschiedete sich von ihm. Dann machte er sich sogleich an die Arbeit und hatte bald ein ordentliches Holzbündel beisammen.

Er setzte sich darauf wie auf ein Pferd, nahm den Stab in die Hand und sprach: »Nach dem Willen dessen, den ich ans andere Ufer trug, trage mich nach Hause!«

Im selben Augenblick erhob sich das Holzbündel in die Lüfte und flog, ohne auch nur zu schwanken, geradewegs auf Bernanoueilles Haus zu. Die Kinder und die Leute, die ihn vorüberfliegen sahen, riefen: »Schaut, der Teufel trägt den Bernanoueille!«

Bernanoueille ließ sie rufen und schreien. Er kam ohne Schaden zu Hause an. Als er wieder ins Holz ging, kehrte er auf die gleiche Weise nach Hause zurück. Der Stab dünkte ihm mehr zu sein als nur ein nützliches Werkzeug.

Eines Tages flog Bernanoueille am Schloss des Königs von Frankreich vorbei. Da stand die Tochter des Königs am Fenster. Sie war eine so wunderschöne Jungfrau, wie der arme Bernanoueille noch nie eine gesehen hatte.

»Mein Gott, ist sie schön«, dachte er bei sich. Wie wäre es, wenn er ihr ein lustiges Vergnügen und eine große Freude bereitete? Und er wünschte sich, dass die Prinzessin ein Kind haben solle, das so schön sei wie sie selbst. Singend wie eine Amsel schritt er sodann hinweg.

Doch während Bernanoueille sich freute, freuten sich andere ganz und gar nicht. Das Kind kam zur Welt, und der König war außer sich vor Zorn. Er schrie seine Tochter an: »Wer ist der Vater dieses Kindes?«

»Woher soll ich es wissen, Vater, ich habe ihn ja selbst noch nie gesehen.«

Das Kind war schön, so wunderschön wie seine Mutter. Und beide glichen sich wie ein Wassertropfen dem andern. Als der König die Schönheit des Kindes, eines kleinen Knaben, sah, hatte er große Freude daran. Aber gleich danach ergriff ihn wieder der Zorn gegen seine Tochter, und er drohte ihr, er werde sie töten lassen, wenn sie ihm den Vater des Knaben nicht offenbare. Die arme Prinzessin konnte nur immer wieder weinend sagen: »Gott ist mein Zeuge, ich kenne ihn nicht.«

Als das Kind ein wenig größer geworden war, ließ der König alle Prinzen von Frankreich zusammenkommen, denn ein solch schöner Knabe konnte doch nur eines Prinzen Sohn sein.

»Die Stimme des Blutes wird sprechen«, sagte sich der König. »Das Kind wird den Vater erkennen, oder der Vater wird das Kind erkennen.«

Er ließ alle Prinzen und Fürsten sich in zwei Reihen aufstellen. Dann ging das Kind zwischen ihnen hindurch, mit einem goldenen Apfel in der Hand. Aber es behielt den Apfel bei sich und reichte ihn keinem der Versammelten.

Da ließ der König alle reichen Bürgerssöhne kommen. Aber auch unter ihnen befand sich der Vater des Kindes nicht. Da ließ er alle Männer seines ganzen Reiches zusammenkommen, alle Diener, alle Handwerker, alle Bauern, alle Knechte, alle Soldaten und selbst die Bettler und Vagabunden. Sie standen in drei Reihen da wie eine richtige Armee, sie bildeten Reihen, die so lang wie eine Straße waren. Bernanoueille war der Allerletzte in der dritten Reihe. Als das Kind bei ihm anlangte, reichte es ihm den Apfel und sprach: »Lieber Vater, nimm diesen Apfel.«

Und Bernanoueille, der nicht recht wusste, wie ihm geschah, nahm den Apfel voller Stolz.

Der König aber tobte vor Zorn. Er ließ das Gericht herbeirufen. Und seine Tochter, Bernanoueille und das Kind wurden dazu verurteilt, in einem Fass auf dem weiten Meere ausgesetzt zu werden. Das Urteil wurde sofort vollstreckt. Die drei wurden in ein Fass gesperrt, das mit Nägeln zugenagelt wurde. Dann warf man das Fass ins weite Meer. Als Bernanoueille die Nagelspitzen sah, sprach er: »Nach dem Willen dessen, den ich ans andere Ufer trug, ich will, dass diese Nägel verschwinden!«

Sofort sprangen die Nägel ab. Da gewann die Prinzessin wieder Mut. Bernanoueille erzählte ihr sein Geheimnis. Mit

Hilfe seines Stabes konnte er das Fass lenken, und sie konnten darin leben wie die Fische im Wasser, mit den besten Speisen und Getränken versehen.

Bernanoueille, der die Prinzessin wieder glücklich machen wollte, versprach ihr, dass sie sich wünschen könne, was immer sie wolle. Da sprach sie: »Ich will, dass auf diesem Wasser ein Schloss stehe, das in allem dem Schloss meines Vaters, des Königs, gleicht. Es soll von diesem Schlosse aus eine gläserne Brücke zum Schloss meines Vaters führen. Darauf sollen so viele bewaffnete Soldaten stehen, wie die Brücke zu tragen vermag.«

Sie hatte kaum ihren Wunsch ausgesprochen, da ging er auch schon in Erfüllung.

Als er sich am Morgen erhob, sah der König das Schloss mit der Brücke und das bewaffnete Heer. Er wollte natürlich wissen, was das zu bedeuten habe. Man antwortete ihm, dass Bernanoueille es sei, der das Heer befehlige und dem das Schloss gehöre. Ein Diener meldete: »Wenn Ihr Bernanoueille nicht Eure Tochter zur Frau gebt, wird er Euren Platz einnehmen und über Frankreich herrschen an Eurer statt. Ihr habt ihn mit dem Tode bedroht, und er wird sich dann rächen. Und wenn Ihr erst in einem Fass sitzt, so habt Ihr nicht, gleich ihm, die Macht je wieder herauszukommen.«

»Sage ihm, dass er kommen soll. Sage ihm, dass mir Frieden lieber ist als Krieg. Und weil Bernanoueille ein so kühner Held ist, so soll er meine Tochter heiraten.«

So wurde Bernanoueille der Erste im Reiche. Er wurde reich und mächtig. Lange lebte er mit seiner Frau und seinem Kind im Glück und im Frieden. All dieses Glück gewann er, weil er einst einem half, den er für noch viel ärmer als sich selber hielt.

Märchen aus der Gascogne

Die Nichtstuerin

Ein altes Mütterlein hatte eine schöne Tochter. Weil aber die Mutter mit ihren müden Gliedern nicht mehr am Spinnrocken sitzen und den Faden drehen konnte, hieß sie ihre Tochter es tun. Diese aber war zu ihrem großen Kummer zu faul und zu träge zur Arbeit, und sie brachte sie nicht dazu, einen Faden anzurühren. Eines Tages sollte das Mädchen wieder am Spinnrad sitzen, tat es aber nicht. Da geriet die Mutter in die größte Wut, nahm einen Stock, prügelte ihre Tochter und jagte sie zum Hause hinaus, indem sie noch ein Stück weiter hinter ihr dreinlief und schrie: »Ich will sie nicht mehr in meinem Hause, ich will sie nicht mehr!«

Eben in diesem Augenblick kam ein junger Mann des Weges gegangen, sah diesen Auftritt, hatte Mitleid mit dem Mädchen und sagte zu der alten Frau: »Was macht Ihr mit diesem armen Geschöpf? Schämt Ihr Euch nicht, sie so zu behandeln?« Die Alte erwiderte darauf schlagfertig, aber mit lügnerischen Worten: »Ach, sie hat einen argen Setzkopf, sie will nichts als den ganzen Tag am Spinnrocken sitzen, und jetzt hab ich keinen Hanf mehr. Darum will ich sie nicht mehr, sie soll selber schauen, wer ihr den Hanf und Flachs geben will!« »Und aus diesem Grunde schlagt Ihr sie auf solche Art? Wo habt Ihr denn Euren Verstand? Gebt mir dieses Mädchen zur Frau, alsdann soll sie von mir Hanf bekommen, soviel sie nur will.«

Die Mutter, froh darüber, diese Faulenzerin auf solche Weise loszuwerden, willigte sogleich ein. Nach kurzer Zeit führte der junge Mann das Mädchen zum Altar, und sie hielten Hochzeit. Dann brachte er die junge Frau in sein Haus, und als die Festlichkeiten vorüber waren, kaufte er ihr eine große Menge Hanf, damit sie nach Herzenslust das Spinnrad drehen konnte. Darob geriet die Frau ordentlich in Verlegenheit und Betrübnis, denn sie konnte und wollte nicht spinnen. Was sollte sie mit dem vielen Hanf nur anfangen?

Nach einiger Zeit sagte der Jungvermählte zu seiner Frau: »Morgen geh ich fort in die Welt hinaus um zu verdienen, und bis ich in einem Jahre und einem Tag wiederkomme, muss dieser Hanf zu lauter Faden gesponnen sein.«

»Ja freilich«, gab die Frau zur Antwort, »ganz recht, sei nur unbesorgt, bis übers Jahr will ich dir alles getreulich verarbeiten.« Also nahm der Mann Abschied und zog in die Welt hinaus.

Sechs Monate vergingen seit seiner Abreise, und die junge Frau hatte noch kein einziges Mal den Spinnrocken in die Hand genommen. Bald waren auch sieben, acht, neun, zehn Monate verflossen, ohne dass die Faule nur eine einzige Spindel voll Faden gedreht hatte. Immer mehr plagte sie jetzt das Gewissen, je näher der Tag heranrückte, wo ihr Mann zurückkehren sollte; immer mehr geriet sie in Aufregung und Bekümmernis. Und wenn sie auch jetzt hätte spinnen wollen, so hätte ihr tatsächlich die Zeit gefehlt, noch rechtzeitig mit der großen Arbeit fertig zu werden und ihr Versprechen zu halten.

Eines Morgens kam ein Brief, worin ihr mitgeteilt wurde, dass ihr Mann in den nächsten Tagen heimkehren werde. Jetzt geriet sie in Bestürzung und zermarterte ihr Gehirn, wie sie es anstellen solle, eine Ausrede oder ein Märchen zu erfinden, um ihrem Mann etwas vorzutäuschen. Eines Abends hörte sie auf der Gasse draußen eine Stimme schreien. Es war nicht die gewohnte des Lumpensammlers, sondern eine raue, derbe Stimme, welche rief:

»Holla, holla, holla,
der Spinnermann ist da!
Habt ihr den Krampf,
bringt mir den Hanf,

kommt schnell herbei,
sonst ist das Glück vorbei.
Holla, holla, holla,
der Spinnermann ist da!«

Die Faule schaute zum Fenster hinaus und rief den Mann in die Küche herauf. Der schmutzige Fremdling stieg sogleich die Treppe hinauf. Sie zeigte ihm die große Menge Hanf und sagte: »Da, dieser Haufen sollte gesponnen werden, aber ich muss ihn bis Samstagabend fix und fertig haben.«

»Ei, ich kann Euch den Faden noch vor dem Samstag fertig gesponnen bringen«, erwiderte der Unbekannte.

»Und was verlangt Ihr für diese Arbeit?«, fragte sie weiter.

»Ich will gar nichts dafür. Ihr müsst mir nur, wenn ich den Faden zurückbringe, drei Namen nennen, und wenn unter diesen drei Namen nicht der meinige ist, so trage ich Euch samt dem Faden von dannen.«

Nach diesen Worten nahm der Spinner die fünf Säcke Hanf nacheinander auf den Rücken, lud sie auf einen Karren und ging fort.

Jetzt war die junge Frau in noch größerer Verlegenheit als zuvor, und es reute sie, dass sie einen solchen Ausweg gesucht hatte. Wie konnte sie denn nur den Namen jenes fremden Mannes erraten, den sie noch nie vorher gesehen hatte? Und wohin drohte er, sie wegzuführen, wenn sie seinen Namen nicht wisse? Und was würde dann wohl ihr Mann dazu sagen, wenn er sie nach seiner Rückkehr aus der Fremde nirgends fände? Ach Gott, warum hatte sie ihrer Mutter nicht besser gefolgt und das Spinnen nicht eifriger gelernt!

Am Abend nachher war kein Öl mehr im Hause. Sie nahm also einen Sack voll Baumnüsse und brachte sie in die Ölmühle, wo die Nüsse ausgepresst wurden, um daraus das Öl zu gewinnen. Diese Ölpresse lag zuhinterst im Tal an einem Wildbach und wurde vom Wasser getrieben.

Als sie hinkam, war es bereits dunkle Nacht geworden. Da sah sie von ferne eine große Helligkeit. Es war ein stark loderndes Feuer, welches ringsum eine große Hitze verbreitete. Vor dem Feuer stand ein Mann, der sang und tanzte, und rings um die Flammen saß eine Schar Frauen, die spannen. Der Mann sang bei seinem Tanz die Worte:

»Holla, holla, holla,
der Spinnermann ist da!
Dass Beelzebub ich werd genannt,
ist jener Frau noch unbekannt,
und morgen bring ich sie hierher;
nach Hause kehrt sie nimmermehr!«

Sowie die Faule das hörte, atmete sie auf und war froh darüber. »Jetzt weiß ich doch, wie er heißt, und bin zufrieden, dass ich mich nicht mehr zu fürchten brauche.«

Am folgenden Samstag kehrte der geheimnisvolle Spinner wirklich wie versprochen zurück und hatte wahrhaftig all den vielen Hanf schon gesponnen. Er klopfte an die Tür und sagte: »Also, gute Frau, wisst Ihr jetzt meinen Namen?« Und dabei freute er sich bereits im Stillen, dass er die Wette gewinne.

Und sie antwortete: »Heißt Ihr nicht Pietro?«

»Nein - jetzt ist eine Antwort vorbei.«

»Oder Paolo?«

»Oh nein - jetzt sind's zwei Antworten.«

»Dann heißt Ihr gewiss Beelzebub!«

Als der Teufel diese Worte hörte, knirschte er vor Wut mit den Zähnen, warf die Fadenbündel zornig mitten in die Küche und machte sich mit lautem Gebrüll von dannen, um vermutlich wieder das Feuer zu schüren zuhinterst im Talgrunde.

Zwei Tage später sollte ihr Gemahl heimkommen. Da ging die Frau noch geschwind auf die Wiese, sammelte leere Schneckenhäuser und band sich dieselben auf den Rücken. Wie nun der Mann heimkehrte und seine Frau umarmte, hörte er, wie es - krack, krack, krack - machte, so dass er sie verwundert fragte: »Aber, was kracht denn so an deinem Rücken, dass es scheint, als hättest du alle Knochen zerbrochen?« Und schlau gab sie zur Antwort: »Das zu viele Spinnen, mein lieber Mann, ist daran schuld, das hat mir die Knochen zerbrochen, ach Gott, das zu viele Spinnen!«

»Du liebe Frau«, erwiderte der Gatte, »mein Gott, wenn das so ist, nein, nein, um Himmelswillen, dann darfst du mir nicht mehr spinnen. Ich will lieber eine ganze Frau und dabei zerrissene Leintücher, als gute Leintücher und eine Frau mit zerbrochenen Gliedern!«

Und wirklich brauchte sie von diesem Tage an nicht mehr am Spinnrad zu sitzen, und sie lebten hernach glücklich bis an ihr Ende.

Märchen aus dem Tessin

Die Tränenfee

Vor vielen Jahren wurde einem Melker droben am Hohnack ein Mädchen geboren. Es war ein Sonntagskind, und Sonntagskinder sehen ja bekanntlich Feen. Als es getauft wurde, kamen auch Feen zur Feier und brachten ihm allerlei Geschenke mit.

Die eine Fee versprach dem Kinde Schönheit, die andere Reichtum. Die dritte war eine Tränenfee, sie wollte ihm die Gabe der Tränen verleihen, aber die Eltern wiesen ihr die Türe, denn ihr Kind sollte nie Tränen vergießen. Umsonst belehrte sie die Tränenfee, dass Tränen erleichtern, die Melkersleute wollten davon nichts wissen.

Das Kind wuchs auf, wurde ein wunderschönes Mädchen, doch fehlte es ihm an Gemüt. Ihr Lächeln war kalt, nie sah man sie ergriffen oder weinen.

Eines Tages sah sie auf der Alm den Ritter von Girsberg. Er freite um sie, und einige Wochen später zog die schöne Hirtin als seine Gattin auf sein Schloss. So war auch der Wunsch der zweiten Fee in Erfüllung gegangen. Zur Schönheit gesellte sich der Reichtum.

Das Glück auf der Burg währte nicht lange. Der Ritter wurde seiner Frau bald überdrüssig, denn ihm schien, als hätte er keine Sterbliche, sondern eine unnahbare Göttin geheiratet. Bald war er mehr auf der Jagd als im Schloss. Die Frau sah es wohl, doch weinen konnte sie nicht. Bald wurde die ehemalige Hirtin auch von ihrer Umgebung verachtet.

In ihrer Trostlosigkeit eilte sie in einer dunklen Sturmnacht an das Fischbödle. Dort wollte sie ihrem Leben ein Ende bereiten. Da tauchte aus den Wellen die Tränenfee empor und enthüllte ihr, was sich bei ihrer Taufe zugetragen hatte. »Dein Unglück«, fuhr sie fort, »kommt nicht von der Menschen Bosheit, sondern von deiner Gemütsleere. Tränen hätten mehr die Herzen aller bezwungen als dein Reichtum, und also schenke ich dir heute meine Gabe, die Tränen.« Die Fee berührte die Augen der Frau und verschwand.

Die Frau kehrte aufs Schloss zurück, und zum ersten Mal konnte sie weinen. Ihre Tränen wurden zu Perlen.

Nach drei Tagen erschien ihr abermals die Fee: »Nimm die Perlen, mache daraus ein Halsband und lege es um. Morgen kommt dein Gatte von der Jagd zurück. Diese Perlen werden deine Schönheit noch erhöhen.«

Sie tat, wie ihr befohlen. Als der Ritter sie sah, fand er sie viel schöner als früher, denn es lag ein geheimnisvoller Glanz über ihrer Schönheit. Er schloss sie in die Arme, und von der Stunde an, da die Frau ihr Gemüt, ihr Mitfühlen erhalten hatte, wohnte das Glück auf der stolzen Burg.

Märchen aus dem Elsass

Der arme Schuhflicker

Giovannino war ein armer, armer Schuhflicker im Tessin. Er lebte allein und hatte keine Familie. Ahle, Zwirn und Hammer waren seine Werkzeuge. Aber trotz seiner Armut sang er vom frühen Morgen bis zum Abend, und es war eine Freude, ihn zu hören. Er sang die alten Wiegenlieder, die sein seliges Mütterlein ihm einst an der Wiege gesungen hatte, um ihn einzuschläfern. Dann wieder waren es Liebeslieder oder Soldatenlieder aus der Kriegszeit. Dabei brachte Giovannino seine Triller und Triolen mit so leichter und unermüdlicher Kunst hervor, dass ein Singvogel nichts im Vergleich zu ihm war. Seine Fröhlichkeit war geradezu sprichwörtlich geworden. Ja, er litt nicht einmal darunter, allein zu sein.

In seine bescheidene Werkstatt kamen besonders an Regentagen oder wenn Schnee fiel, allerhand Leute, um ihm Gesellschaft zu leisten. Es waren die jungen Burschen und die Männer aus dem Dorf, ja es kam sogar der Herr Sindaco, der Bürgermeister, ein sehr gebildeter Mann, der ihn über die mannigfachsten Dinge belehren konnte.

Giovannino hatte auch immer viel Arbeit. Doch gab es selten neue Schuhe anzufertigen. Meistens waren es alte, die er zu flicken hatte. Die Kunden bezahlten seine Arbeit zum größten Teile mit Naturgaben statt mit Geld. Sie brachten ihm Luganeser Würste, Eier, Speck und Schinken oder Brot.

»Sind meine Schuhe gemacht?«, fragte eines schönen Sommertages ein Ziegenhirt, der ihm ein Paar grobe Bergschuhe zum Sohlen gebracht hatte. »Seht, guter Giovannino, da habe ich Euch als Entgelt einen prächtigen Ziegenkäse hergebracht, der schön reif ist und zart, sag ich Euch, und saftig, dass Ihr eine Freude daran haben sollt.«

Dem Schuhmacher lief schon beim Anblick das Wasser im Mund zusammen. Der Hirt hatte ihm den Käse auf ein großes Weinrebenblatt hingelegt, und das hübsche Alpkäschen verbreitete in der Werkstatt einen köstlichen Wohlgeruch. Bald aber hatten die zudringlichen und naschhaften Fliegen, die überall herumsurrten, den Käse gerochen und setzten sich in großer Zahl darauf, um mit ihren kleinen Rüsseln an dieser Gottesgabe zu saugen.

Als Giovannino bemerkte, wie der Käse ganz voller Fliegen war, nahm er in einem günstigen Augenblick den Schuh, an dem er gerade arbeitete, und schlug damit darauf. Dann zählte er die Fliegen, die er getötet hatte, eine nach der andern. Es waren im Ganzen dreihundert. Das war sein erstes und furchtbares Abenteuer. Jetzt wurde er stolz und hochmütig und meinte, was wunder für ein Held er sei. Er verließ sein Schustertischchen, die Ahle, den Zwirn, den Hammer, das Pech und die rostigen Nägel und begab sich zum Bürgermeister des Dorfes. Der musste ihm auf eine schön gehobelte hölzerne Tafel mit großen Buchstaben diese erschreckenden Worte hinschreiben:

»Giovanni der Starke bin ich genannt.
Dreihunderte mit einem Schlag
schickte ich zum Tod hinab.«

Diese Tafel ließ er sich am Rücken befestigen und machte sich damit auf den Weg, die Welt zu durchziehen.

Er wanderte und wanderte, kam durch einsame und dunkle Wälder, durch tiefe Täler, über abschüssige Berge und endlose Ebenen. Kein Hindernis war imstande, ihn zu entmutigen oder aufzuhalten. War er nicht Giovanni der Starke? Hatte er nicht dreihundert aus dem Leben zum Tode hinüberbefördert? Und dies mit einem Schlag! Gewiss, er war ein Held und musste sein Glück versuchen.

Und von seinem Schicksal geführt, gelangte er endlich zu einer Stadt. Dort fand er alle Wände der Häuser mit schwarzen Tüchern behängt zum Zeichen der Trauer. Die Bewohner waren still und betrübt, und überall hörte man Verwünschungen, Seufzer und Wehklagen.

Giovannino fragte nach dem Grund dieser Trauer und bekam zur Antwort, in der Umgebung der Stadt hause ein ungeheurer Drache mit vierzig Beinen, sieben Köpfen und mit einem Kamm auf dem Kopf wie ein Hahn. Seine Augen glühten wie Feuer, und Flügel habe er wie eine Fledermaus und dazu einen Schwanz wie eine Schlange. Dieses Ungetüm suche sich beinahe jeden Tag einen jungen Menschen als Beute aus, den es verschlinge. Und gerade an dem Tag, wo der Schuster ankam, traf es das Los, dass die Königstochter, die Prinzessin Aurora, am folgenden Morgen dem scheußlichen Drachen zum Opfer gebracht werden sollte. Da sie das schönste Mädchen war, das wie kein anderes allüberall nur Taten der Barmherzigkeit und Liebe an seinem Volke verübte, weinten alle Leute am Hofe und in der Stadt.

»Aber was vermag mir ein Drache mit sieben Köpfen und vierzig Beinen anzutun?«, sprach Giovannino mit großer Verächtlichkeit. »Ich habe dreihundert mit einem Schlag getötet!«

Also begab er sich zum Schloss und stellte sich dem König vor. Er verneigte sich dreimal vor ihm, wie er es vor dem Bürgermeister seines Dorfes zu tun gewohnt war, und sprach alsdann zu ihm: »Königliche Hoheit, ich habe vernommen, dass in der Umgebung der Stadt ein scheußlicher Drache hause mit vierzig Beinen, sieben Köpfen und mit Zacken wie ein Hahn darauf und mit schrecklichen Augen wie Feuer, und dass er fast jeden Tag einen Menschen verzehre. Und gerade morgen soll Eure Tochter Aurora ihm zum Opfer gebracht werden. Nun aber lest, was hier auf meiner Tafel geschrieben.« Und damit kehrte er ihm den Rücken.

»Giovanni der Starke bin ich genannt.
Dreihunderte mit einem Schlag
schickte ich zum Tod hinab.«

»Wenn du mich also reich belohnen willst, so werde ich den Drachen töten und deine Tochter retten.«

»Ich habe wenig Vertrauen und Hoffnung, dass dir dieses Wagestück gelingen werde«, entgegnete der König. »Viele andere haben es vor dir schon versucht, wurden aber von dem Ungetüm verschlungen. Immerhin, du kannst es ja probieren. Gelingt es dir, meine Tochter zu retten, so sollst du sie zur Frau bekommen, und nach meinem Tode kannst du mein Nachfolger werden auf dem Throne.«

»Majestät«, antwortete Giovannino, »ich bin meiner Sache ganz gewiss, dass ich den Drachen töten werde. Gebt mir nur vierzig Reiter, die mit Armbrust und Pfeilen bewaffnet sind und im Treffen große Geschicklichkeit haben. Dann sieben Ritter, die mit Lanzen und scharf geschliffenen Schwertern ausgerüstet sind. Für mich brauche ich nur ein junges Schäfchen.«

Der König gewährte ihm, was er verlangte.

Schon in aller Morgenfrühe, als kaum der Tag graute, machte sich Giovannino an der Spitze von siebenundvierzig bis an die Zähne bewaffneten Reitern auf den Weg, während er selbst ein ganz junges Schäfchen in den Armen hielt. Sie ritten gegen die Behausung des Drachen, fanden ihn aber nicht in seiner Höhle, sondern auf einer schönen Wiese, wo er mit seinen sieben schrecklichen Mäulern seinen unersättlichen Hunger zu stillen suchte. Sogar die aufgehende Sonne wurde bleich vor Schrecken, als sie dies scheußliche Ungetüm erblickte.

Giovannino der Starke hatte keinerlei Angst. Er stellte seine siebenundvierzig Reiter zum Kampfe auf und warf dann auf ein verabredetes Zeichen das unschuldige Lämmchen einem der sieben Rachen ins offene Maul. Dann vernahm man nur ein kurzes Zermalmen von Knochen, und das Ungeheuer schloss einen Augenblick seine vierzehn feuerroten Augen vor Wonne, denn das zarte Lammfleisch schmeckte ihm besonders gut. Darauf hörte man ein Schwirren. Es waren die vierzig Pfeile, welche alle gleichzeitig abgeschossen wurden und wovon jeder ein Bein des Drachen traf. Zugleich richteten sich die sieben Lanzen gegen die Köpfe des Ungetüms, und jeder Stoß durchbohrte einen. Tödlich getroffen, stieß das Tier einen so lauten Schrei aus, dass die Häuser der Stadt erzitterten, und den Leuten vor Schrecken beinahe das Blut in den Adern gefror. Dann krümmte und wand es sich grässlich, spie Rauch und Flammen aus den sieben Rachen und blieb schließlich unbeweglich und tot liegen.

Jetzt erhoben Giovannino und die siebenundvierzig Reiter ein großes Jubelgeschrei, das man bis in die Häuser der Stadt hinüber hörte. Hierauf wurde auf Befehl Giovanninos das Ungeheuer in hundertundein Stücke zerteilt. Dann zog der tapfere Anführer mit seinen wackeren Kämpfern in einem langen Triumphzug in die Stadt zurück. Die schwarzen Tücher an den Mauern waren verschwunden, und stattdessen flatterten im Sonnenschein vor den Fenstern und auf den Dächern der Häuser Freudenfahnen, und auf den Gesichtern aller Leute konnte man eine große Befriedigung sehen.

Die Hofkapelle des Königs ging Giovannino dem Starken und seinen tapferen Rittern zum Empfang entgegen. Er war der Held des Tages und empfing Ehren und Reichtümer. Auf der

Stelle wurde er zum Prinzen ernannt und zum Bräutigam der wunderschönen Prinzessin Aurora ausgerufen. Die Hochzeit wurde mit großer Festlichkeit und außergewöhnlicher Pracht gefeiert. Aber die Prinzessin schien doch nicht zufrieden. Der König, der ihre Traurigkeit bemerkte, fragte sie: »Aurora, bist du nicht glücklich? Was ist die Ursache deiner Betrübnis? Öffne deinem Vater das Herz!«

»Vater, ich bin nicht glücklich mit meinem Mann. Wenn du wüsstest, was für einen Geruch, wie den eines Maultierfells, er an sich hat. Man kann nicht in seiner Nähe bleiben.«

»Meine Tochter, befiehl auf der Stelle den Dienern, dass sie ihm ein warmes und wohlriechendes Bad bereiten.«

Also bekam Giovannino, der ehemalige Schuster, ein warmes und wohlriechendes Bad. Und so noch mehrere Tage nacheinander. Der üble Geruch verlor sich fast ganz. Aber auch dennoch konnte die Prinzessin ihre frühere Fröhlichkeit nicht wiederfinden. »Was hast du denn«, fragte der König eines Tages, »bist du noch immer nicht glücklich?«

»Lieber Vater, wenn du wüsstest, was für Schläge mein Gemahl im Traum auf meinem Rücken führt. Er scheint von Beruf ein Schuster zu sein, der einen Hammer in den Händen führt und fleißig Leder klopft. Und dann singt er, singt er immer. Ich kann dabei kein Auge schließen.«

»Meine Tochter«, beruhigte sie der König mit väterlicher Milde. »Habe Geduld, lerne ihn ertragen und bedenke immer, dass er es war, der dir auf wunderbare Weise das Leben gerettet hat.«

»Ach Vater, lieber Vater, es ist besser zu sterben, als mit einem Mann zu leben, der von so verschiedener Natur ist.«

Giovannino der Starke merkte bald, dass er nicht geliebt, sondern nur geduldet wurde. Das Leben eines Prinzen war nicht gemacht für ihn. Eines schönen Tages nahm er Abschied von seiner Frau, steckte das Geld, das er für die Befreiung der Königstochter erhalten hatte, zu sich und kehrte froh und glücklich wieder in sein bescheidenes Dorf zurück. Dort setzte er sich wieder an seinen Schustertisch und klopfte mit seinem Hammer wie früher das Leder. Er trällerte und sang voll Herzenslust seine Lieder aus der Jugendzeit, seine Liebeslieder und die aus dem Kriegsleben. Und in seine kleine Bude kehrten wie früher die jungen Leute, die Männer aus dem Dorf und der Bürgermeister ein, die leisteten ihm frohe Gesellschaft. Und wenn er seine Abenteuer mit dem Drachen geräuschvoll erzählte, so pflegte er gewöhnlich am Schluss das Sprüchlein beizufügen:

»Wer sein Brot verdient mit eigener Hand,
ist zufriedener als mancher Fürst im Land.«

Märchen aus dem Tessin

Der glückliche Martin

Obwohl Martin als Sohn armer Leute geboren wurde, die nicht einmal ein Häuschen besaßen, sondern in einer fremden Badstube wohnen mussten, war es doch von vornherein klar, dass es ihm auf dieser Welt gut ergehen würde, denn er kam mit einem Glückshäubchen zur Welt. Glückshäubchen heißen die Reste der Eihaut auf den Köpfen mancher Neugeborenen. Sie sollen Glück bringen und die Fähigkeit verleihen, Geister zu sehen.

Waren es nun die Reden der Mutter, die oft auf diesen Umstand zurückkam, oder geschah es durch eine ihm innewohnende Ahnung, Martin war jedenfalls sicher, dass er zu Besserem bestimmt sei, als seine Jugend mit Viehhüten und seine Mannesjahre mit Knechtsarbeit zu verbringen. Da es aber fürs Erste nicht zu umgehen war, dass er Hüterjunge wurde, trieb er wenigstens die Kühe und Schafe in die Nähe der Landstraße, auf der alles daherkam, was nur irgend zur großen Welt gehörte: die Fuhren der Jahrmarktshändler, die Zigeunerkarren, die Gutsequipagen.

Am liebsten hielt er sich bei den Pforten auf, die das Dorf an seinen Ausgängen abschlossen. Die öffnete er vor den durchfahrenden Wagen und bekam dafür so manche Kopeke zugeworfen von den Leuten, denen er das lästige Ab- und Aufsteigen ersparte. Der Gutsherr allerdings gab ihm nie etwas für den kleinen Dienst, denn er war ein sehr geiziger Mann. Trotzdem freute sich Martin, wenn er ihm die Pforten öffnen durfte, denn der Anblick des vornehmen Gefährts mit Diener und Kutscher in Livree war ihm Belohnung genug. Es wurde sein größter Wunsch, einmal selbst so großartig auf dem Bock sitzen zu dürfen und herrschaftlicher Diener zu sein.

Als er aus der Kindheit heraus war, bat er seine Mutter, mit ihm zum Gutsgärtner zu gehen, der ein freundlicher Mann war, und ihn zu fragen, wie man es anstellen müsste, um herrschaftlicher Diener zu werden. Der Gärtner vermittelte es auch wirklich, dass Martin im Schloss als Stubenjunge angestellt wurde, der dem Diener beim Schuhputzen und Kleiderreinigen zur Hand zu gehen hat.

Weil er anstellig war und einen klugen Kopf hatte, diente er sich allmählich auf und wurde, als er erwachsen war, wirklich Diener des Gutsherrn, gerade so, wie es sein Wunschtraum gewesen war. Er hatte sich zu einem groß gewachsenen hübschen Burschen entwickelt, auf den die Weibsleute heimlich aus den Augenwinkeln schauten. Und sogar die junge Gutsherrin, des geizigen Mannes zweite Frau, sah ihn freundlich an und richtete manchmal ein Wort an ihn, ohne dass es dringend nötig gewesen wäre.

Es geschah aber, dass der Gutsherr auf der Jagd verunglückte und starb, ohne dass er Zeit gehabt hätte, seine Sünden zu bereuen. Die Gutsfrau weinte zuerst vor Schreck und Überraschung, hörte damit aber auf, als ihr zu Bewusstsein kam, dass sie nun ihren geizigen Aufpasser losgeworden war und als reiche Frau ein schönes, unabhängiges Leben führen konnte. Wo aber waren die Schätze, die der Geizige angehäuft hatte? Die Frau suchte überall nach ihnen, fand sie aber nicht. Mit dem Reichtum war es also fürs Erste nichts, aber ebenso wenig mit der erträumten Freiheit, denn der Tote gab sie nicht frei. Nacht für Nacht kehrte sein Geist zu ihr zurück und quälte sie mit Alpdrücken und schweren Träumen. Auch ging er in den Stall und jagte die Pferde mit Schlägen herum, dass sie an jedem Morgen schaumbedeckt mit verfilzten Mähnen dastanden und zu müde zur Arbeit waren. So vergingen drei Monate.

An einem Sonntagmorgen nickte Martin während der Predigt in der Kirche ein, denn er hatte am Sonnabend eifrig getanzt und mit den Mädchen gescherzt und war gar nicht zum Schlafen gekommen. Nun aber sank er in so tiefen Schlummer, dass er nicht merkte, wie der Gottesdienst zu Ende war und die Kirchenbesucher hinausgingen. Er verschlief den ganzen Tag und erwachte erst, als es schon tiefe Nacht war.

Zuerst meinte er, er hätte bloß einige Augenblicke verdämmert, und der Vormittagsgottesdienst dauere noch immer fort, denn die Kirche war mit Leuten angefüllt, und der Prediger stand auf der Kanzel und redete. Als er aber genauer zusah, merkte er, dass es Nacht war und die Lichter brannten und dass seine Banknachbarn ihm fremd waren. Dann aber erkannte er einige von ihnen als erst kürzlich Verstorbene und erriet, dass er in eine Totenversammlung geraten war. Zum Glück beachtete ihn niemand. Wahrscheinlich wurde er von den Gespenstern als ihresgleichen angesehen.

Als sie nach Schluss des Gottesdienstes hinausgingen, schloss er sich ihnen an. In der Tür traf er mit seinem verstorbenen Gutsherrn zusammen und wurde von ihm angeredet: »Sieh mal einer an, Martin, du auch hier? Wann bist du denn gestorben?«

»Vor drei Wochen«, log Martin schnell.

»Das habe ich noch nicht gewusst«, meinte der Herr. »Komm jetzt mit mir.«

Martin zögerte: »Wie schickt sich denn das für mich? Ich bin ja bloß ein Diener.«

»Weißt du nicht, dass der Tod alle Stände gleich macht? Wir stehen jetzt einer wie der andere. Komm nur mit, wir wollen zusammen ins Schloss gehen und uns einen Spaß machen!«

Martin musste sich fügen und ging mit dem Herrn. Unterwegs sah er einen Handschuh am Wege liegen und hob ihn auf. Er war steif und hart gefroren.

Als sie im Gutshof angekommen waren, sprach der Herr: »Zuerst wollen wir die Pferde tüchtig quälen!«

Er trat als erster in den Stall. Die Pferde gaben keinen Laut von sich. Als aber Martin nach ihm hereinkam, wieherten sie ihm freudig entgegen. Das machte den Herrn stutzig. »Hör mal, Martin, wie kommt das? Bist du am Ende gar nicht tot? Reich mir deine Hand, dass ich sie anfühle!«

Martin zog schnell den gefrorenen Handschuh über und reichte ihn dem Gutsherrn. »Es stimmt«, meinte dieser beruhigt. »Deine Hand ist eiskalt. Nun hilf mir die Pferde jagen!«

Martin taten die Tiere leid, aber er konnte nicht verhindern, dass sie geschlagen und hin- und hergerissen wurden, bis sie schaumbedeckt und zitternd dastanden.

»Jetzt sind wir hier fertig«, sagte der tote Herr. »Geh du zu den Mägden und erschrecke sie tüchtig. Ich will unterdessen meine Frau plagen, damit sie nicht vergisst, wer ihr Herr ist und Macht über sie hat. Ehe der Hahn kräht, müssen wir wieder auf dem Kirchhof sein. Ich werde dich hier abholen.«

So ging der Herr zur Frau, riss sie an den Haaren, würgte sie und drückte ihr die Brust zusammen. Unterdessen trieb Martin sein mutwilliges Unwesen in der Mägdekammer und belustigte sich herrlich.

Als sein Herr ihn herausrief, belobte er ihn: »Das hast du gut gemacht. Die Mädchen haben so laut gekreischt, dass ich es schon auf der Treppe gehört habe. Aber nun wollen wir uns beeilen, dass wir zur rechten Zeit in unsere Gräber kommen.«

Unterwegs fasste Martin sich ein Herz und fragte: »Wie ist es, werden wir immer weiter jede Nacht hierher kommen so wie heute?«

»Ja, sicher«, antwortete der Herr, »es sei denn, dass jemand Lebendes dreimal mit der linken Ferse an unser Grab stößt und dazu sagt: ›Hier sollst du liegen bleiben!‹«

Martin merkte sich die Worte genau. Laut sagte er: »Ich hätte nicht gedacht, dass es nach dem Tode so lustig zugehen könnte. Wir sind ja fast besser dran als die Lebenden.« Der Herr lachte: »Ja, meine Frau hat sich ihre Lage nach meinem Tode auch anders vorgestellt.«

»Nach den hinterlassenen Reichtümern hat sie jedenfalls vergeblich gesucht«, meinte Martin.

Der Herr grinste. »Die wird sie auch nicht finden, die sind zu sicher versteckt in meinem Schreibzimmer unter dem Fußboden am Ofen.«

Martin freute sich mächtig, dies alles erfahren zu haben, aber er zeigte es nicht, denn er war noch keineswegs in Sicherheit. Noch konnte der Tote Verdacht schöpfen, den Betrug erkennen und ihm den Hals durchbeißen.

Wie groß war daher sein Schreck, als der Herr, auf dem Kirchhof angekommen, sagte: »Zeig mir schnell dein Grab, damit ich dich morgen Nacht leichter auffinden kann!«

Aber Martin fasste sich und antwortete bescheiden: »Nein, Herr, es ist nur schicklich, wenn ich Euch wenigstens das erste Mal an Eure Gruft geleite. Späterhin mögt Ihr mich noch oft besuchen.«

Der Herr war es zufrieden, verabschiedete sich an seinem Grabe von Martin und schlüpfte hinab in sein kühles Bett. Kaum war er drin, so schlug Martin mit der linken Ferse ans Grab und rief dreimal: »Hier sollst du liegen bleiben!«

Der Herr unten fing an zu schreien und zu schimpfen: »Du Betrüger, du Lump, du letzter Teufel! Du bist also doch noch ein Lebender! Hätte ich das gewusst, hätte ich dich in Stücke gerissen und zu Brei zerdrückt!«

In diesem Augenblick krähte der Hahn in der Ferne. Die Stimme des Toten wurde immer leiser und verstummte. Der Herr war von nun an in sein Grab gebannt.

Martin machte, dass er heimkam und überbrachte der Gutsherrin gleich am Morgen die frohe Botschaft, dass er sie und das Haus von dem bösen Quälgeist befreit habe, der sie jede Nacht als Alp heimgesucht hatte. Als kluger Mann sagte er ihr aber fürs Erste nichts von dem Geldversteck. Erst, als sie ihm zu verstehen gegeben hatte, dass sie ihn gern als ihren Schatz und als des Hauses Herrn gesehen hätte, war er sicher, dass sie sich nicht mit dem Goldschatz allein begnügen würde und eröffnete ihr das Geheimnis.

Sie heirateten nach Ablauf des Trauerjahrs. Nun hatte der glückliche Martin alles, was er sich nur wünschen konnte: Reichtum und Ehre und Ansehen und eine vornehme und schöne junge Frau dazu.

Märchen aus Estland

Mumme Mules Wunschtag

Irgendein Tag im Frühling ist dazu ausersehen, dass alle Bettler und Armen ihre gerechten Wünsche aussprechen dürfen. Es ist der Tag, an dem auch die Unterirdischen, das kleine Volk aus der Tiefe, ein gleiches Recht haben. Und man erzählt sich, dass er um den Maien liegt.

Die Wichtelleute wissen natürlich besser als unsereins damit Bescheid. Da war einmal ein sehr kluger Gesell unter ihnen, der hatte die Menschen und zumal den alten Landstreicher Prachermann gern und ließ dem Freund sagen, er würde am Tag der gerechten Wünschen nach oben kommen und Weib und Kinder mitbringen, damit sie sich, den Irdischen gleich, am blauen Himmel ergötzten.

Der Kleine hieß also, als es so weit war, seine Frau sich schön machen, ließ sie die sieben Kinder bürsten und klopfen und kleiden, zog eine weiße Hose an, schnitt einen Stecken und kroch wahrhaftig in der Frühe mit den Seinen aus dem Heidberg, um Prachermann zu treffen. Der alte Bettler aber, der ihn erwarten sollte, hatte sich am Abend zuvor zu sehr darauf gefreut, hatte gar zu viel getrunken und in einem Graben die Zeit verschlafen. Darüber wäre beinahe ein Unglück geschehen, ich muss es euch erzählen!

Als der Unterirdische, Mumme Mule hieß er, nämlich so seines Weges geht und den Freund straßauf, straßab vergeblich sucht, bekommt er Durst. Er kehrt deshalb in einer Wirtschaft ein, hebt, selbst kaum zwei Schuh hoch, Frau und Kind auf die Stühle und will mit dem Wirt ein Gespräch beginnen. Der erstaunt sehr über die kleinen Gäste und möchte wissen, ob es an ihnen etwas zu verdienen gäbe. Er nickt höflich, zieht die Kappe und fragt, auf wen der Herr warte.

Auf seinen Freund Prachermann, sagt Mumme Mule treuherzig.

Nun ist der alte Landstreicher dem Wirt wohlbekannt; Prachermann kriegt bei ihm nichts mehr zu trinken, und Mumme Mule hat es, sobald er den Namen nennt, mit dem dicken, großen Mann verdorben. Der Kröger wird unfreundlich, er forscht, woher man komme, und erkundigt sich sogar, ob der Gast denn auch zahlen werde, was er bestelle. Die Frage erzürnt den Unterirdischen, er will gerade erbost weitergehen, da fängt die Gartenmusik an.

Nun haben die Wichte ja an nichts mehr Lust, als nach unseren Geigen zu tanzen. Mumme Mule tut also einen vergnügten Schleifer, er hebt Frau und Kinder von den Stühlen und will in den Tanzsaal. Es laufen aber nur einige kleine Mädchen herbei und kreischen und fassen sich an den Händen und reigen im Kreis um ihn. Die großen Leute kümmern sich gar nicht um den fremden Gast, nur der dicke Kröger lässt ihn nicht aus den Augen. Da wird Mumme Mule sehr ärgerlich, ihm fällt ein, dass er seinen Wunschtag hat, er zaubert dem Wirt einen doppelten Bauch und allen ungezogenen Jungen und Mädchen und allen Leuten, die um ihn tanzen, eine zwiefache Nase an. Es gibt ein fürchterliches Geschrei, der Knirps aber wandert mit Frau und Kindern seines Weges.

Als er nun so dahinstapfte, kam ihm auf der Landstraße ein gelehrter Herr entgegen, der sich auch mit den Seinen im Grünen ergehen wollte und sich über die sonderbare Begegnung sehr verwunderte. Aber er war doch ein höflicher Mann, zog den Hut und fragte Mumme Mule nach dem Woher und Wohin. Ja, hat der gesagt und hat Vertrauen zu diesem Fremden gefasst, er gehöre eigentlich zu den Unterirdischen. Er wolle indes auch einmal in der Sonne spazierengehen, weil es just ein Festtag der Menschen sei. Die Frauen haben sich währenddes hochmütig angeguckt, und die Kinder haben mit kleinen Steinen nach einander geworfen. Aber der Gelehrte und Mumme Mule haben vom Leben unter und über der Erde ein ernsthaftes Gespräch begonnen. Und Mumme Mule hat beweisen wollen, wieviel schöner und gleichmäßiger und gegen Frost und böses Wetter geschützt man doch in den Höhlen der Tiefe lebe, wieviel klüger überhaupt alles unter der Erde als über der Erde sei. Als er das aber sagte, hat der andere ihm solche Reden verwiesen, er hat zornig erklärt, dass der Mensch das Höchste aller Dinge sei und eine ewige Seele habe.

»Oho«, hat Mumme Mule geantwortet, »wir leben, solange wir wollen, ist das nicht besser?«

Oho, hat der Gelehrte geeifert, die Unterirdischen hätten eben die Sehnsucht nicht, das hätte er von guten Freunden gehört, und er und seinesgleichen seien jetzt schon so weit, hoch durch die Lüfte zu fliegen.

Ach, hat Mumme gesagt, das sei etwas Uraltes und längst erfunden, der Herr brauche nur einmal über sich zu schauen; das fliege zehnmal besser und von jung an als alles Menschengezücht.

Der Gelehrte hat das Kinn erstaunt nach oben gedreht, hat jedoch nur eine alte Krähe gesehen. Mumme Mule aber hat dem hochmütigen Kopf gewünscht, dass er stehenbliebe, wo er stünd. Da hat der weise Herr, den Hals in die Luft gestreckt, seines Wegs laufen müssen.

Mumme Mule hat eigentlich genug von den Menschen gehabt, aber er hatte ja versprochen, den armen Prachermann zu besuchen. Er ist deshalb weiter die Straße fürbass geschritten und ist an einen Platz gekommen, da war ein Zirkus aufgeschlagen. Die Leute haben natürlich gemeint, der kleine Mumme Mule und die Seinen gehörten dazu; auch der Besitzer des Zirkus ist der fremden Gäste gewahr geworden, er hat es sich nicht entgehen lassen, solch Volk, an dem er reich werden könnte, mit oder gegen dessen Willen einzufangen. Ja, der arge Kerl ist einfach auf Mumme Mule zugetreten, hat mit festem Griff seine Hand gepackt und gesagt, sie könnten gleich einen Vertrag miteinander machen. Dem Kleinen hat es fast den Atem genommen, weil der Lange so rasch ausschritt, und die Frau und die sieben Kinder haben nicht folgen können. Solche Behandlung hat Mumme Mule wieder so sehr gekränkt, er hat dem Fremden im Laufen einen Riesenbuckel angewünscht, nur um etwas zu Atem zu kommen. Da ist der Mann mitten auf dem Weg erbärmlich stehen geblieben und hat sich kaum auf den Beinen halten können.

»Frau«, hat Mumme Mule erklärt, »die Menschen gefallen mir nicht mehr, wir wollen nach Haus.«

»Hab ich's dir nicht schon immer gesagt?«, hat die geantwortet. »Gehen wir nach Haus!«

Als der Unterirdische nun seinen Weg durch die Heide trottete und noch allzeit viele Neugierige hinterdrein liefen und doch vorsichtig auswichen, weil es jedermann schlecht bekommen war, mit dem Kleinen zu verhandeln, da ist endlich auch der alte Landstreicher, den Rock zerrissen, einen Stock in der Hand und einen Riesensack auf dem Rücken, zu ihm gestoßen.

Prachermann hatte schwer zu tragen. Ach, der Arme hatte von den verzauberten Menschen gehört, wer vor ihm die Landstraße gewandert war. Und er hatte begriffen, wie es mit seiner verschlafenen Morgenstunde ausgegangen war. Da hatte ihm das Gewissen geschlagen, und weil auch ihm an diesem Tag allerhand Wünsche zustanden, hat er sich ein Flickentuch erbeten und hat alle bösen Dinge, die Mumme Mule eben den Menschen angezaubert hatte, gegen ein kleines Trinkgeld in den Sack auf seinem Rücken gewünscht. Ja, als er nun zuletzt noch den armen Zirkusherrn bettelnd und weinend auf dem Weg stehen sah, hat er vor lauter Mitleid auch dem den Buckel abgenommen, obwohl seine Last davon fast zu schwer geworden ist.

Dann erst hat Prachermann mit viel Mühe Mumme Mule einholen können, sie haben sich herzlich begrüßt, und der Kleine konnte prahlen, was alles er ausgerichtet. Dabei hat er auch wissen wollen, was der Freund auf dem Rücken trüge. Der Bettler hat gelächelt und einen alten Schlehenstrauch am Weg gerufen. Und er hat alle Dinge, eins nach dem andern, ausgepackt und dem Holz angewünscht. So hat der arme Bursch erst einen Bauch gekriegt, danach einen Kopf im Genick und an die hundertzwanzig Nasen, die haben nadelscharf im Stamm gesessen. Endlich hat Prachermann den Buckel hervorgeholt, und Mumme Mule, der erst sehr böse sein wollte, hat über den Busch lachen müssen, so krüppelkrumm hat der ausgesehen.

Dann sind Mumme Mule und Prachermann und Frau und Kinder in ein schönes Kartoffelfeld gegangen, haben sich noch einmal alles von Anfang bis zu Ende erzählt und haben es sich bequem gemacht und eine warme Stunde in der Sonne liegen wollen.

Daraus ist jedoch nichts geworden. Die Menschen hatten, geschwätzig wie sie sind, die Obrigkeit von den wunderlichen Begebnissen unterrichtet, und die ist mit Zeugen gekommen um zu erfahren, wer den Schabernack ausgeheckt hätte. Vor dem bunten Rock aber hatte Prachermann solch entsetzliche Angst, er hat nicht mehr daran gedacht, dass er doch seinen Wunschtag hatte, ihm ist nicht eingefallen, dass ihm der tapfere Mumme Mule zur Seite stand, er hat mit einem Schreckensruf den Freund an der Hand gefasst, hat Reißaus genommen und ist in das erste beste Fuchsloch eingefahren, Mumme Mule, Weib und sieben Kinder hinterdrein.

Ich habe Prachermann bis heute noch nicht wieder gesprochen. Immer geht er im Bogen an mir vorüber, wenn ich ihm einmal begegne, obschon er doch weiß, dass ich gern mehr von ihm wissen möchte. Und vom alten Mumme Mule, der sonst immer so freundlich mit uns Menschen war, habe ich auch seit jenem Maientag kein Wörtlein mehr gehört. Ich will mich morgen Abend einmal vor den alten Fuchsbau legen, vielleicht lässt er sich wieder blicken.

Märchen aus Schleswig-Holstein

Der Sauhirt

Vor vielen Jahren lebte in einem großen Königreich ein kleiner Sauhirt. Der stand eines Mittags mit seinen Schweinen müde im Feld und musste zusehen, wie nicht weit von ihm die Pflüger beim Imbiss saßen, wie sie fleißig löffelten, das Brot abschnitten und sich den Most einschenkten. Er selbst aber hatte einen gewaltigen Hunger und einen harten Herrn und sollte vor Abend nichts zu essen bekommen. »Oh, dass ich doch auch so ein Bauer wäre, wie zufrieden wollte ich sein!« Und siehe da, plötzlich, wie wenn er's nur so träumte, war die ganze Gegend rings um ihn verändert. Dort, wo das gepflügte Feld gewesen war, lag ein Baumgarten, der grenzte an einen stattlichen Bauernhof, und hier, mitten unter dem Hühner- und Taubenvolk, das im Hofe herumspazierte, stand er selber, der arme Sauhirt, als ein stattlicher Bauer und war ganz in Gedanken versunken, weil er gerade den Ertrag seiner Wiesen und Äcker noch einmal überschlug.

Da ritt ein Kornhändler am Hoftor vorüber, der weckte den Bauern aus seinen Gedanken, denn er hatte sich ein Räuschchen angetrunken, war lustig und klimperte mit der Geldkatze. »He, Bäuerlein, wie teuer ist das Mäß?« »Kann's nicht wohlfeiler geben«, antwortete der Bauer, »hab's Euch schon gesagt. Wir gehen alle zugrunde, wenn's nicht bald um die Hälfte mehr gilt«. Der Kornhändler strich sich aber nur höhnisch das Bäuchlein, machte ein spöttisches Gesicht und ritt ein Liedchen trällern davon.

»Oh, dass ich doch so ein Kornhändler wäre«, seufzte der Bauer hinter ihm drein, »wie zufrieden wollte ich sein!« Und schon saß er vor einem eigenen vollen Kornhaus und raufte sich verzweifelt die Haare.

Der Feind war nämlich ins Land gefallen, hatte alles verwüstet, und das Heer litt Mangel. Dem Wucherer aber hatte das Korn noch nicht genug gegolten. Gerade brach ein Rudel Soldaten mit Gewalt in den Speicher, trug Sack um Sack auf die Wagen hinaus und gab dem Kornhändler statt des Geldes nur grobe Worte und Schläge. Unter dem Befehl eines dickbäuchigen, rotbackigen Obersten, der stolz auf seinem Pferde saß, zogen die Soldaten dann johlend und hohnlachend davon.

»Oh, dass ich doch so ein Kriegsoberst wäre, wie zufrieden wollte ich sein!«, rief der Kornhändler. Im Nu stand er auch schon als Oberst vor einem Kriegsgericht, und der Minister des Königs verurteilte ihn gerade zu lebenslänglichem Kerker, denn er war wider Recht und Billigkeit gegen das Volk verfahren. Es half nichts, dass der Oberst sich verteidigte; der Minister ließ ihn auf der Stelle durch die Schergen abführen.

»Oh, dass ich doch solch ein fürstlicher Minister wäre!«, rief der Oberst aus. »Wie zufrieden wollte ich sein!« Und alsbald saß er auch schon in einer elenden Kutsche mit seiner weinenden Frau und ein paar armen Kindern und fuhr durch ein düsteres Tor, während die grölende Menge ihm widerwärtigen Unrat in den Wagen warf. »Ja, Herr Minister, es sind freilich nur Lügen und Ränke«, sagte ein Offizier, der an den Schlag getreten war, »durch die Ihr bei Seiner Majestät, dem König, in Ungnade gefallen seid, aber ich rate Euch dennoch, in möglichster Eile davonzujagen und in den nächsten zwölf Jahren dieses Land nicht mehr zu betreten. Denn all Eure Güter und Häuser werden eingezogen, und alle Freundschaft ist verschwunden.«

»Oh, dass ich doch ein König wäre«, stöhnte der Minister, »dann wollte ich zufrieden sein!« Aber noch im selben Augenblick lag ein kranker König im Lehnsessel, und vier Heiducken trugen ihn mühsam eine Treppe herunter. Der Krieg hatte noch kein Ende genommen, der König war selbst ins Feld gezogen und erkrankt. Jetzt sollte er vor einem nächtlichen Überfall des Feindes gerettet werden. Da schrie er in seinem Jammer: »Oh, wenn ich doch lieber der ärmste Sauhirt meines Landes wäre und nur gesund, nur gerettet aus dieser Lebensgefahr, wie zufrieden wollte ich sein!« Und siehe, das geschah! Plötzlich saß der König wieder als kleiner Sauhirt am Rande des Feldes. Er trug wieder seine Lumpen und war so froh darüber, dass er einen tollen Freudensprung über die größte Sau hinweg machte, denn jetzt war er wirklich zufrieden.

Märchen aus der Schweiz

Unglückliche und törichte Wünsche

Der Arme und der Reiche

Es waren einmal ein armer Mann und ein reicher Mann. Sie lebten beide im gleichen Dorf in der Normandie. Der Reiche ließ es sich wohlsein und dachte nicht an den Tod. Der Arme hingegen hoffte zuweilen, dass es ihm nach dem Tode besser gehen möge, denn er hatte ein hartes Los auf der Erde.

Nun macht der Tod keinen Unterschied zwischen reich und arm. So geschah es, dass beide am gleichen Tage starben. Da begegneten sie einander auf der Himmelsstraße und gingen schweigend nebeneinander her. Der Reiche geriet bald ins Schwitzen, denn er war dick und wohlgenährt und war seiner Lebtag nicht so weit und auf so steilen Wegen gegangen. Der Arme aber war mager und flink, und er kam gut voran. So kam es, dass der Arme zuerst an der Himmelstüre anlangte. Er wagte es aber nicht, dort zu klopfen, sondern setzte sich still bei der Pforte nieder und dachte bei sich: »Ich will doch auf den Reichen warten, der wird wohl anklopfen.«

Es verging eine lange Zeit, bis der Reiche endlich an der Himmelstür ankam. Als ihm niemand öffnete, geriet er in großen Zorn und schimpfte und schrie. Er schlug mit der Faust gegen die Tür und trat mit dem Fuß dagegen.

Da kam Petrus eilends herbeigelaufen und öffnete die Himmelstür. Er sah den Armen und den Reichen draußen stehen. Petrus deutete mit der Hand auf den Reichen und sprach: »Ach, ich kenne dich wohl. Du bist wohl derjenige gewesen, der hier einen solchen Spektakel vollführt hat und es nicht erwarten kann, hereingelassen zu werden.«

Da sank dem Reichen der Mut, und er bereute seine Keckheit. Doch Petrus sprach zu beiden : »Tretet nur ein in den Vorsaal. Das Weitere wird sich dann finden.«

Sie betraten eine große weite Halle mit vielen Türen und mit Bänken an den Wänden. Petrus sprach zu ihnen: »Ruht euch hier ein wenig von dem langen Fußmarsch aus. Bedenkt in dieser Zeit bis ich wiederkomme, wie es euch hier ergehen soll. Sagt mir, wie ihr es haben wollt, denn ein jeder soll seine Wünsche erfüllt bekommen. Aber merkt euch wohl, so wie ihr es wollt, so geschieht es. Also, überlegt es euch gut, denn nachher ist es zu spät, wenn ihr etwas vergesst.«

Mit diesen Worten ging Petrus hinweg. Als er nach geraumer Zeit wiederkehrte, fragte er: »Nun, habt ihr es euch gut überlegt? Sagt mir eure Wünsche!«

Da sprang der Reiche von der Bank auf und rief: »Gebt mir ein prächtiges Schloss aus purem Gold, eines wie auch der Kaiser keins hat! Bringt mir sodann jeden Tag meine Leibspeisen: Suppe, Hähnchen und Salat und Gemüse; und Crêpes mit Schokolade; und Wein und Cidre; den Kaffee nicht zu vergessen! Ich brauch' auch einen goldenen Thron, der mit seidenem Stoff überzogen ist, auf dem will ich alle Tage sitzen. Dann will ich auch alle Tage die Zeitung lesen, denn ich muss wissen, was auf der Erde geschieht.«

Da sah Petrus den Reichen voller Mitleid an und sprach: »Und weiter wünschest du dir nichts?«

»Oh, doch«, rief da der Reiche, »beinahe hätte ich's vergessen, ich brauche natürlich Geld, viel Geld, alle Kisten und Kästen voll.«

»Das sollst du alles haben«, sprach Petrus, »folge mir!«

Und er öffnete eine der vielen Türen der Halle und führte den Reichen in ein prächtiges Schloss. Alles darin war so, wie es sich der Reiche gewünscht hatte. Da setzte sich dieser auf seinen Thron, ließ sich die besten Speisen schmecken, las in der Zeitung, zählte sein Geld und ließ es sich wohlsein. Petrus aber schob einen mächtigen eisernen Riegel vor das Schlosstor. Dann ging er hinweg.

So vergingen drei Jahre, so vergingen sieben und so vergingen zwölf Jahre. So vergingen endlich zwanzig, fünfzig und schließlich hundert Jahre. Da war der Reiche des Schlosses und der Speisen, seines Thrones und seines Geldes längst überdrüssig. Auch die Zeitung las er schon lange nicht mehr, denn es war ihm gleichgültig geworden, was sich auf der Erde zutrug. Er konnte ja doch nicht mehr dorthin, und alle, die er gekannt hatte, lebten dort nicht mehr. Mit dem vielen Geld wusste er nichts mehr anzufangen, denn was sollte er sich dafür kaufen? Die Speisen mundeten ihm nicht mehr, und auch das Schloss freute ihn nicht mehr. Traurig saß er auf seinem Thron und klagte. Doch niemand hörte ihn.

Endlich, als tausend Jahre vorübergegangen waren, öffnete sich der eherne Riegel des Schlosstores und Petrus trat ein. »Wie gefällt es dir hier?«, fragte er.

Da funkelte ihn der Reiche zornig an und rief: »Das fragst du noch, wie es mir hier gefällt in diesem elenden Schloss? Wie soll man es hier tausend Jahre aushalten! Niemand kommt und sieht nach einem. Es sind alles Lügen von eurem Paradies und der ewigen Seligkeit, nichts als Lügen!«

Da schaute ihn Petrus erstaunt an und sprach: »Du denkst wohl, du wärst im Himmel? Oh nein, in der Hölle bist du. Du hast dich selbst zur Hölle gewünscht.«

»Das ist doch nicht die Hölle! Wo sind denn die Teufel mit den Kesseln, wo sind denn die glühenden Zangen und das Feuer?«

Da antwortete Petrus: »In den alten Zeiten wurden die Sünder noch mit Feuer gepeinigt und von den Teufeln in Kesseln gekocht. Das ist lange her. Aber in der Hölle *bist* du!«

Da schluchzte der Reiche laut auf. Petrus aber schob den Riegel wieder vor die Tür und entfernte sich. Und es vergingen wieder hundert Jahre und abermals hundert und noch hundert und weitere hundert... Dem Reichen wurde die Zeit so lang, wie es sich auf Erden kein Mensch vorstellen kann. Als nun wieder tausend Jahre verstrichen waren, öffnete Petrus erneut den eisernen Riegel und trat ein.

»Ach, heiliger Petrus, wie sehr habe ich mich nach dir gesehnt! Soll ich denn die ganze Ewigkeit hier bleiben? Ach, wie lange ist denn eine Ewigkeit?«

»Wenn zehntausend Jahre vergangen sind, so fängt die Ewigkeit an.«

Da weinte der Reiche bitterlich. Petrus aber zählte seine Tränen und als es so viele waren, dass Gott ihm in seiner Allmacht und Güte verzeihen würde, sprach er zu dem Reichen: »Oben auf dem Boden in der kleinen Kammer, da ist ein Loch im Dach. Von dort aus kannst du, wenn du dich auf die Zehenspitzen stellst, ein wenig in den Himmel sehen.« Und Petrus führte ihn in diese Kammer. Da stellte sich der Reiche auf die Zehenspitzen, und er sah die Sterne in ihrer ganzen Pracht, er sah alle Engel und Heiligen, und er sah die Herrlichkeit Gottes.

»Sage mir«, rief er, »wer ist denn der, der neben Gott sitzt? Ach, wie gerne wäre ich an seiner Stelle!«

Petrus antwortete: »Das ist der Arme, der mit dir hier heraufgekommen ist. Als ich ihn fragte, was er sich wünsche, da wollte er nur möglichst nahe bei Gott sein. Und dieser Wunsch ist ihm in Erfüllung gegangen, so wie dir der deinige.«

Mit diesen Worten ging Petrus hinweg, ohne dass der Reiche es merkte.

Nach abermals tausend Jahren kam Petrus wieder. Da stand der Reiche immer noch auf Zehenspitzen in der Kammer und schaute durch das Loch im Dach in den Himmel hinein und konnte sich nicht daran sattsehen, so dass er das Kommen des heiligen Petrus gar nicht bemerkt hatte.

Da legte Petrus ihm die Hand auf die Schulter und sprach: »Komm nun mit mir, lange genug hast du gelitten, lange genug hast du gestanden und in den Himmel geschaut. Deine Sünden sind dir vergeben. Freilich hättest du's bequemer haben können, wenn du's nur gewollt hättest.

Märchen aus der Normandie

Das alte Männlein

Da ist einmal spät am Abend ein fremdes altes Männlein durchs Dorf gekommen und hat bei einer Bäuerin angeklopft und Herberge gesucht. Da kam er aber an die Unrechte, die Frau hatte wohl ihr Pfännchen Fett, aber sie war ein Geizdrache. Erst tat sie, als ob sie das Klopfen gar nicht hörte, aber als das Männchen gar nicht nachließ und noch lauter klopfte, legte sie sich ins Fenster und fragte: »Wer ist denn da?«

»Ein armer Wanderer hätte gern ein Unterkommen für die Nacht, es ist so kalt, dass man draußen nicht schlafen kann«, antwortete das Männchen.

»Ich habe keinen Platz, sucht Euch anderswo ein Unterkommen«, und damit schlug die Alte das Fenster zu und hörte nicht weiter auf das Männlein, soviel das auch betteln und flehen mochte. Zuletzt ging es ein Haus weiter, da wohnte eine arme Frau. Es klopfte, da tat sie das Fenster auf und fragte: »Was möchtet Ihr denn, Alterchen?«

»Ich hätte gern ein Unterkommen für die Nacht, es ist draußen so kalt.« Gleich kam die Frau an die Tür und führte ihn in das warme Kämmerchen, kochte ihm einen Brei von Milch und Mehl und brockte das letzte Stückchen Brot hinein, das sie noch im Schranke hatte. Dann ging sie und schüttelte ihren Strohsack tüchtig auf, damit das alte Kerlchen so gut läge wie möglich. Sie selbst schlief auf der Erde.

Am andern Morgen war das Männchen schon früh auf und sprach, es müsste nun weiterziehen. Das litt aber die Frau nicht und kochte ihm erst noch einen Brei zum Frühstück. Als das Männchen den gegessen hatte, bedankte es sich freundlich und fragte nach seiner Schuldigkeit. »Ach«, sprach die Frau, »dafür will ich nichts haben, und wenn Ihr ein andermal nicht wisst, wo Ihr bleiben sollt, kommt nur wieder zu mir.«

»Ich danke Euch vielmal von ganzem Herzen und wünsche Euch, dass das erste, was Ihr heute beginnt, so wohl gelingt, dass Ihr den ganzen Tag nichts anderes tun könnt.« Mit den Worten schied es von der Frau, und sie ging rasch wieder ins Haus zurück und an die Arbeit, auf den Wunsch des Männleins hatte sie gar nicht mehr gehört. Sie ging an ihren Kasten und wollte ein Stück Leinwand für ein Hemd abmessen; und sie maß Elle um Elle und maß und maß immerzu bis zum Mittag und den ganzen Nachmittag, und das Leinen nahm gar kein Ende, und die ganze Stube wurde davon voll; das hörte nicht eher auf, als bis es stichdunkel wurde, da kam erst das Ende.

Dieser reiche Segen blieb auch der Nachbarin nicht lange verborgen. »Herr Gott im Himmel«, schrie sie und steckte den Kopf zum Fenster herein, »wo habt Ihr all das Leinen her? In meinem ganzen Leben habe ich ja noch nicht so viel Leinen beisammen gesehen!« Nun erzählte ihr die gute Frau von dem kleinen alten Männlein, und da wurde die Nachbarin ganz giftig und dachte bei sich: »Muss dem Bettelpack solches Glück in den Schoß fallen; das hättest du auch haben können«, und rannte fort, um das Männlein zu suchen; sie war erst ein paar Schritte weit gegangen, da sah sie es schon von ferne heransocken. Im Nu war sie bei ihm und knickste und verbeugte sich und sprach: »Ach, lieber Herr, nehmt es mir doch bloß nicht übel, dass ich Euch gestern Abend nicht eingelassen und beherbergt habe. Tut mir doch den einzigen Gefallen und kehrt diesen Abend bei mir ein, Ihr macht mich zu dem glücklichsten Menschen auf der Welt!«

Das kleine alte Männchen war's zufrieden und ging mit ihr; die Bäurin tischte auf von dem Allerbesten und machte ihm hernach ein reiches Bett zurecht, worin es schlief wie ein

Prinz. Und kaum hatte es sich am andern Morgen aus den Federn gemacht, da brachte ihm seine Wirtin schon Kaffee und Biskuit. Er dankte für alles recht höflich und fein. Und als er sein Frühstück verzehrt hatte, fragte er nach seiner Schuldigkeit. »Oh«, antwortete die Frau, »meint Ihr denn, ich wollte etwas haben für die Bewirtung? Gott bewahre, daran habe ich nicht im Mindesten gedacht; im Gegenteil, ich wünschte nur, Ihr machtet mir recht oft die Freude, bei mir einzukehren.«

»Das wird kaum möglich sein«, sprach das Männlein, »aber ich danke Euch doch herzlich für Euern guten Willen und wünsche nur, dass das erste, was Ihr diesen Morgen tut, den ganzen Tag fortdauert und Ihr nichts anders tun könnt.« Damit empfahl sich das Männchen, und die Alte wünschte ihm glückliche Reise.

Kaum war der Gast zur Tür hinaus, da lief die Frau in die Kammer, sie wusste schon, was sie tun würde: Geld zählen! Aber gerade als sie zum Geldkasten gehen wollte, fingen die Ferkel an zu grunzen. »Warte«, dachte sie aus alter Gewohnheit, »denen willst du erst flink noch Wasser geben.« Aber nun pumpte und trug und schüttete sie Wasser den ganzen Tag in einem fort, bis es stichdunkel wurde und Ferkel und Stall und Haus und Bäurin und alles fortgespült wurden und nicht mehr zu sehen und zu retten waren.

Andere erzählen, die Bäurin hätte gar nicht erst den Ferkeln Wasser bringen wollen, sie hätte, wie sie gerade ans Geldzählen gehen wollte, ein dringendes Bedürfnis verspürt und sei, um das rasch noch abzumachen, hinters Haus in den Garten gelaufen; da habe sie gar nicht wieder aufhören können und sitzen müssen, bis es dunkel war und ein großer See hinter dem Haus entstanden sei. Der See soll noch jetzt da sein.

Märchen aus dem Odenwald

Die Feenharfe

Einst lebten in der Landschaft Cader Idris Feen, die von Hof zu Hof zu gehen pflegten um zu prüfen, ob die Bauern ihnen wohlgesonnen wären. Jene, die den Feen einen schlechten Empfang bereiteten, wurden vom Unglück verfolgt ihr Leben lang. Diejenigen aber, die sie freundlich willkommen hießen, in welcher Gestalt auch immer, konnten sich ihrer besonderen Gunst erfreuen.

Eines Abends saß der alte Morgan ap Rhys beim Kamin und suchte in seiner Einsamkeit Trost bei einer Pfeife und einem Glas vom guten Llangollener Bier. Das edle Gebräu stimmte den Alten fröhlich, und er begann zu singen, jedenfalls hielt er es für Gesang. Seine Stimme freilich war durchaus nicht lieblich. Ein Barde, den er einmal gekränkt hatte, hatte seinen Gesang mit dem Brüllen einer alten Kuh oder dem Gekläff eines blinden Köters, der den Weg zur Weide sucht, verglichen. Man soll nie über die Barden von Wales lästern, denn sie haben oft eine scharfe Zunge.

Dennoch freute Morgan sich seines Gesanges. Besonders an diesem Abend erfreuten ihn die Töne, die er hervorbrachte. Er bedauerte nur, dass niemand da war, der ihm hätte zuhören können. Als er gerade bei der schönsten Stelle eines Liedes war, klopfte es an die Tür. Morgan freute sich, dass da einer zuhöre, und er sang mit voller Inbrunst. Er sang den höchsten Ton, den er zu singen vermochte, und er glaubte, dieser wäre ihm besonders gut geglückt. Als sein Lied zu Ende war, hörte er aufs Neue ein Klopfen, und er rief: »Wozu sind denn Türen da, wenn nicht zum Öffnen! Tretet nur ein, wer Ihr auch seid!«

Morgan hatte, wie ihr seht, kein besonders höfliches Benehmen.

Die Tür ging auf, und herein traten drei Reisende, die waren müde und staubig von der langen Wanderung. Es waren Feen, die sich in diese Gestalt verwandelt hatten. Sie kamen von Cader Idris und wollten sehen, wie Morgan Fremde aufnahm. Dieser ahnte nicht, wen er vor sich hatte.

»Lieber Herr«, sprach eine der drei, »wir sind müde und schmutzig, doch verlangen wir nichts weiter als einen Bissen Brot, den wir in unsern Reisesack stecken können. Dann werden wir weiterziehen.«

»Ist das alles, was ihr wünscht?«, fragte Morgan. »Nun kommt nur herein. Hier ist Brot und Käse dazu, und ein Messer liegt daneben. Da nehmt euch nur, soviel ihr wollt. Esst euch satt und füllt eure Reisesäcke! Niemand soll sagen können, der alte Morgan ap Rhys verweigerte Fremden Brot und Käse.«

Da langten die Reisenden zu. Morgan, der es in seiner Gastfreundschaft an nichts fehlen lassen wollte, sang ihnen während des Essens vor. Wurde seine Kehle trocken, spülte er sie mit Llangollener Bier.

Als die Wanderer sich gesättigt hatten, erhoben sie sich und sprachen: »Wir danken dir, guter Mann. Weil du so freigebig warst, wollen wir dich belohnen. Wir haben die Macht, dir einen Wunsch zu erfüllen. Sage uns nun, was dein Wunsch sei.«

»Ach, mein größter Wunsch wäre eine Harfe, die in meiner Hand wunderschön spielt, wie falsch ich sie auch anschlage, eine Harfe, die nur fröhliche Weisen spielt - keine schwermütige Musik für mich! Aber ihr treibt wohl nur eure Scherze mit mir!« Doch kaum hatte er zu Ende gesprochen, als zu seinem größten Erstaunen eine prächtige Harfe am Herd lehnte.

Als er sich umschaute, waren seine Gäste verschwunden. »Das ist das Sonderbarste, das mir je in meinem Leben widerfahren ist!«, sprach Morgan, »das müssen Feen gewesen sein.« Er war so verblüfft, dass er noch etwas Bier trinken musste. Dies beruhigte ihn ein wenig, und er begann das geheimnisvolle Instrument zu erproben. Sobald seine Finger die Saiten berührten, setzte die Harfe mit einer lustigen, hüpfenden Weise ein.

Gleich darauf ertönten Schritte, und nach Hause kamen seine Frau und einige Freunde. Kaum vernahmen sie die Melodie der Harfe, da schwangen sie auch schon die Beine zum Tanz. Und solange Morgans Finger über die Saiten glitten, hüpften sie wie toll umher.

Wie ein Strohfeuer verbreitete sich die Nachricht von Morgans geheimnisvoller Harfe im ganzen Land. Viele Gäste kamen, um Morgan und seine Harfe zu sehen. Und immer, wenn er sie spielte, trieb es einen jeden unwiderstehlich zum Tanz, und er konnte erst aufhören, wenn Morgan sein Spiel beendete. Sogar Lahme konnten hüpfen und springen, und einer, der nur noch ein Bein hatte, tanzte genauso fröhlich umher wie all die anderen.

Eines Tages befand sich unter den Leuten, die die Wahrheit über Morgans Wunderharfe selbst erfahren wollten, jener Barde, der so hässlich über Morgans Gesang gesprochen hatte.

Morgan beschloss, sich an ihm zu rächen. Anstatt wie gewöhnlich nach einigen Minuten aufzuhören, spielte er seine Tanzmusik munter weiter. Er spielte und spielte, bis die Tänzer außer Atem waren und ihn anflehten aufzuhören. Doch Morgan erheiterte dies zu sehr, als dass er sein Spiel hätte beenden wollen. Er lachte, bis ihm die Seiten schmerzten und die Tränen über die Wangen liefen. Er lachte über die Possen seiner Gäste, besonders die des Barden. Die Tänzer wirbelten umher, stießen gegen Möbel und Wände. Einige hüpften gegen die Decke des Häuschens, dass ihre Köpfe krachten. Morgan hörte erst auf, als der Barde sich die Beine gebrochen hatte und die anderen fast zu Tode erschöpft waren.

Da endlich war sein Rachedurst befriedigt. Seine Seiten und seine Mundwinkel schmerzten so sehr vom vielen Lachen, dass er die Finger von den Saiten nehmen musste. Dies war aber das letzte Mal, dass er seinen Groll an seinen Feinden auslassen konnte. Am nächsten Morgen war die Harfe verschwunden und wurde nie mehr gesehen. Die Feen, verärgert über den Missbrauch ihres Geschenks, holten es wohl in der Nacht noch zurück. Dies mag eine Warnung sein für alle, die Feengaben nicht ehren.

Märchen aus Wales

Mann und Frau im Essigkrug

Es waren einmal ein Mann und eine Frau, die haben lang, lang miteinander in einem Essigkrug gewohnt. Am Ende sind sie es leid geworden, und der Mann hat zu der Frau gesagt: »Du bist schuld daran, dass wir in diesem sauren Essigkrug leben müssen. Wären wir nur nicht da.« Die Frau hat aber gesagt: »Nein, du bist schuld daran.« Danach haben sie angefangen, miteinander zu streiten und sind sich in dem Essigkrug nachgelaufen.

Da ist auf einmal ein goldenes Vögelchen an den Essigkrug gekommen und hat gesagt: »Warum händelt ihr denn so miteinander?«

»Ei«, hat die Frau gesagt, »wir sind den Essigkrug leid und wollen auch mal wohnen wie andere Leute. Danach wollen wir zufrieden sein.«

Da hat sie das goldene Vögelchen aus dem Essigkrug herausgelassen, hat sie an ein nagelneues Haus geführt, an dem hinten ein zierliches Gärtchen war und hat zu ihnen gesagt:

»Das gehört euch. Lebt jetzt einig und zufrieden, und wenn ihr mich braucht, so braucht ihr nur dreimal in die Hände zu klatschen und zu rufen:

›Goldvögelchen im Sonnenstrahl,
Goldvögelchen im Demantsaal,
Goldvögelchen überall.‹«

Nachdem sie ein paar Wochen in dem Haus gewohnt haben und einmal in der Nachbarschaft herumgekommen sind, haben sie da große kräftige Bauernhöfe gesehen mit großen Stallungen, Gärten und Äckern und Gesinde. Jetzt hat es ihnen schon nicht mehr in ihrem winzigen Häuschen gefallen, und sie sind es ganz leid geworden, und eines schönen Morgens haben sie alle beide zu gleicher Zeit in die Hände geklatscht und gerufen:

»Goldvögelchen im Sonnenstrahl,
Goldvögelchen im Demantsaal,
Goldvögelchen überall.«

Und in einem Witsch ist das goldene Vögelchen zum Fenster hereingeflogen und hat sie gefragt, was sie denn schon wieder wollten. »Ach«, haben sie gesagt, »das Häuschen ist zu klein. Wenn wir auch so einen großen prächtigen Bauernhof hätten, danach wollten wir schon zufrieden sein.« Das goldene Vögelchen hat ein wenig mit den Äuglein geblinzelt, hat aber nichts gesagt und hat sie an einen großen prächtigen Bauernhof geführt, wo viele Äcker dran gewesen sind und Stallungen mit Vieh und Knecht, und Mägde und hat ihnen alles geschenkt.

Der Mann und die Frau sind vor Freude in die Höhe gesprungen und haben sich fast nicht mehr gekannt. Jetzt sind sie ein ganzes Jahr lang zufrieden und fröhlich gewesen und haben sich gar nichts Besseres denken können. Aber lange hat es auch nicht gedauert, denn wie sie jetzt so manches Mal in die Stadt fahren, sehen sie dort schöne große Häuser und die schön herausgeputzten Herren und Damen spazierengehen. Da haben sie gedacht: »In der Stadt muss es aber herrlich zugehen, und man braucht nicht so viel zu schaffen.« Und die Frau konnte sich gar nicht satt sehen an dem Staat und dem Wohlleben und hat zu ihrem Mann gesagt: »Wir wollen auch in die Stadt. Rufe das goldene Vögelchen. Wir sind jetzt schon lang genug auf dem Hof.« Der Mann aber hat gesagt: »Frau, rufe du es.« Schließlich hat die Frau dreimal in die Hände geklatscht und hat gerufen:

»Goldvögelchen im Sonnenstrahl,
Goldvögelchen im Demantsaal,
Goldvögelchen überall.«

Da ist das goldene Vögelchen wieder zum Fenster hereingeflogen und hat gefragt: »Was wollt ihr von mir?« - »Ach«, hat die Frau gesagt, »wir sind das Bauernleben leid. Wir möchten auch gerne Stadtleute sein und schöne Kleider haben und in so einem großen prächtigen Haus wohnen. Danach wollen wir zufrieden sein.« Das goldene Vögelchen hat wieder mit den Augen geblinzelt, hat aber nichts gesagt und hat sie ins schönste Haus in der Stadt geführt, und in den Schränken hingen die schönsten Kleider nach der neuesten Mode. Jetzt haben sie gemeint, es gibt nichts Besseres und nichts Schöneres auf der ganzen Welt und sind ganz außer sich gewesen vor Freude. Leider hat es aber wieder nicht lange gedauert, da haben sie genug gehabt und haben zueinander gesagt: »Wenn wir es nur wie die Edelleute hätten, die in großen Palästen und Schlössern wohnten, und Bedienstete mit goldenen Borten hinten auf der Kutsche haben. Das wäre erst etwas Rechtes.« Und die Frau hat gesagt: »Mann, jetzt ist es an dir, das goldene Vögelchen zu rufen.« Wieder hat der Mann lange nicht gewollt, aber als die Frau nicht nachließ mit Jammern, hat er dreimal in die Hände geklatscht und hat gerufen:

»Goldvögelchen im Sonnenstrahl,
Goldvögelchen im Demantsaal,
Goldvögelchen überall.«

Da ist das goldene Vögelchen wieder zum Fenster hereingeflogen und hat gesagt: »Was wollt ihr von mir?« Da hat der Mann gesagt: »Wir möchten gerne Edelleute sein. Danach wollen wir zufrieden sein.« Da hat das goldene Vögelchen aber gar arg mit den Äuglein geblinzelt und hat gesagt: »Ihr unzufriedenen Leute! Werdet ihr denn nicht mal genug haben? Ich will euch auch zu Edelleuten machen, aber es wird euch nicht guttun.« Und es hat ihnen gleich ein Schloss geschenkt, Kutsche und Pferde und eine richtige Bedienung.

Jetzt sind sie Edelleute gewesen und sind alle Tage spazierengefahren und haben an nichts mehr gedacht, als wie sie den Tag in Freuden und Nichtstun herumbringen könnten.

Eines Tages sind sie in die Hauptstadt gefahren, um ein großes Fest zu sehen. Da sind der König und die Königin in einer ganz vergoldeten Kutsche gesessen, in goldgestickten Kleidern und vorne und hinten und auf beiden Seiten sind Marschälle, Hofleute, Edelknaben und Soldaten geritten, und alle Leute haben die Hüte und die Nastücher geschwenkt, als sie vorbeigefahren sind. Wie hat da dem Mann und der Frau das Herz gepocht. Kaum waren sie daheim, haben sie gesagt: »Jetzt wollen wir noch König und Königin werden. Danach wollen wir aber aufhören.« Da haben sie wieder alle beide miteinander in die Hände geklatscht und haben gerufen, wie sie nur haben rufen können:

»Goldvögelein im Sonnenstrahl,
Goldvögelein im Demantsaal,
Goldvögelchen überall.«

Da ist das goldene Vögelchen wieder zum Fenster hereingeflogen und hat gefragt: »Was wollt ihr von mir?« Da haben sie gesagt: »Wir möchten gerne König und Königin werden. Danach wollen wir zufrieden sein.« Da hat das goldene Vögelchen aber gar arg mit den Äuglein geblinzelt, hat die Federchen gesträubt und mit den Flügeln geschlagen und hat gesagt: »Ihr wüsten Leute! Wann werdet ihr denn mal zufrieden sein? Ich will euch auch zu König und Königin machen, aber dabei wird es auch nicht bleiben, denn ihr habt doch nie genug.«

Jetzt sind sie König und Königin gewesen und haben über das ganze Land zu gebieten gehabt und haben sich einen großen Hofstaat gehalten, und ihre Minister und Hofleute mussten auf die Knie fallen, wenn sie einen von ihnen gesehen haben und haben nach und nach alle Beamten im ganzen Land zu sich kommen lassen und haben ihnen vom Thron herab Befehle gegeben. Und was es an Teurem und Prächtigem in allen Ländern gab, das musste hergebracht werden, dass es ein solcher Glanz und Reichtum war, dass es nicht zu sagen war.

Jetzt sind sie doch nicht zufrieden gewesen und haben immer wieder gesagt: »Wir wollen noch mehr werden.« Da hat die Frau gesagt: »Werden wir Kaiser und Kaiserin!«

»Nein«, hat der Mann gesagt, »wir wollen Papst werden.«

»Das ist immer noch nicht genug«, hat die Frau im Amtseifer gerufen, »wir wollen lieber Herrgott sein!«

Kaum aber war dieses Wort ausgesprochen, ist ein mächtiger Sturmwind gekommen, und ein großer schwarzer Vogel mit funkelnden Augen, die wie Feuerräder rollten, ist zum Fenster hereingeflogen und hat gerufen, dass alles gezittert hat: »Dass ihr versauert im Essigkrug!«

Und danach ist alle Herrlichkeit verschwunden, und der Mann ist mit seiner Frau wieder im Essigkrug gesessen. Und jetzt können sie auch drin sitzen bleiben!

Märchen aus dem Elsass

Das Strohbündel

Es war einmal ein reicher Bauer, der viele Mägde und Knechte hatte. Marguerite, seine beste Magd, war im ganzen Lande dafür bekannt, wie sehr sie an ihrem Herrn hing und ihm in allen Dingen zu Diensten war. Sie war auch bekannt für ihre Missachtung der Religion.

Eines Sonntags befahl der Bauer allen seinen Mägden und Knechten, dass sie hinaus auf ein Feld gehen sollten, das mitten im Wald lag, um Mist darauf zu werfen. Die Leute aber weigerten sich und sprachen: »Der Sonntag ist der Tag, an dem der Herrgott ruhte. Der Sonntag ist ein heiliger Tag.«

Marguerite war die einzige, die sich anschickte, auf jenes Feld hinauszugehen und ihrem Herrn zu gehorchen. Dieser bot ihr eine große Belohnung an, um sie zu ermutigen und zu bestärken. Dann ging er zu dem Platz vor der Kirche, um sich, wie es Brauch war, nach der Messe mit seinen Freunden zu unterhalten.

Währenddessen ging Marguerite auf jenes Feld, das sehr groß war. Sie zweifelte bald, ob sie dieses gewaltige Stück Arbeit wohl werde allein zu Ende bringen. Und endlich wurde sie sehr müde. Da sah sie plötzlich ein winziges Männchen aus dem Walde herauskommen. So klein es auch war, so hatte es doch einen Kopf, so groß wie ein Kürbis. Das Männchen pfiff durch die Zähne und alsbald kamen dreißig solcher Zwerge, einer kleiner und hässlicher als der andere, herbei. Siehe, sie begannen sogleich, den Mist auf das Feld zu werfen. Schneller, als Marguerite auch nur schauen konnte, war die ganze Arbeit getan. Als alles fertig war, sprach der erste der Zwerge zu Marguerite: »Lebewohl. Sei heute Abend um sechs Uhr in der Scheune. Ich werde dann kommen und mir meinen Lohn holen.«

Im selben Augenblick war das Männchen samt seinen Gehilfen verschwunden.

Die arme Marguerite war nun voller Kummer und Angst, denn sie merkte wohl, dass dies alles nicht mit rechten Dingen zugegangen war. Während sie gesenkten Hauptes heimwärts ging, hörte sie auf einmal ein Geräusch hinter sich. Sie wandte sich um und gewahrte eine ururalte Frau mit vielen Runzeln und Falten im Gesicht. Ihre Haut war fahl, und die Alte sprach zu Marguerite: »Du Unglückselige, soeben hast du dich dem Teufel übergeben. Wisse, ich bin schon lange Zeit im Fegefeuer, weil ich am Sonntag gearbeitet habe, anstatt in die Messe zu gehen. Ich kann dich aber vor dem Fegefeuer erretten, wenn du mir den Namen des sechsten Tages der Woche nennen kannst. Diesen Namen nämlich habe ich vergessen. Wenn ich ihn aber wieder weiß, so hat meine Pein ein Ende.«

Da sprach Marguerite: »Der sechste Tag, das ist der Freitag.«

»Oh, hab Dank, du hast mich erlöst! Nun will ich dir auch sagen, wie du dem Teufel entkommen kannst. Gehe heute Abend in die Scheune, wie es vereinbart ist. Hüte dich aber, eine Schnur oder einen Gürtel um deinen Leib zu tragen. Wenn nun der Teufel kommt, so werfe ihm ein Strohbündel ins Gesicht, aber rasch, bevor er sich dir nähern kann!«

Noch ehe Marguerite der Alten danken konnte, war diese verschwunden.

Marguerite ging nun auf den Hof zurück. Als es sechs Uhr schlug, ging sie in die Scheune. Sie trug keinen Gürtel um ihren Leib, wie es ihr die Alte geraten hatte. Pünktlich erschien der Teufel und wollte sie sogleich mit sich nehmen. Marguerite aber warf ihm ein Strohbündel ins Gesicht, bevor er sich ihr nähern konnte. Da floh der Teufel mit schrecklichen Flüchen aus der Scheune.

Marguerite aber ging nie mehr auf jenes Feld, und sie hütete sich wohl, jemals wieder am Sonntag zu arbeiten. Sie fehlte nie mehr bei der Messe. So kam es, dass sie auch nie mehr den Teufel zu sehen bekam.

Märchen aus der Auvergne

Wie der Kuckuck bunt werden wollte

Es war einmal ein Kuckuck, der war seiner einfachen grauen Farbe satt und wollte scheckig werden – mindestens so scheckig wie ein Buntspecht. Er ließ seinen Wunsch auch überall im Wald verkünden und lobte aus, wer das an ihm vermöchte, der solle einen blanken Taler haben.

Da ging nun gerade ein Mädchen des Weges, dessen Schatz war ein Maler. Flink lief es heim, gab Bescheid, und der Maler suchte den Vogel auf und bestrich ihn mit den schönsten Farben, die er hatte. Aber der Kuckuck war misstrauisch, er rückte seinen Taler nicht gleich heraus und wollte erst wissen, ob die Buntheit auch von Dauer sei.

Er tat recht daran. Beim ersten Regen liefen alle Farben ineinander, der arme Vogel sah gräulich aus, und alle Nachbarn im Walde lachten. Als der Maler kam, um sein Geld zu holen, nahm der Kuckuck gerade das siebente Bad, nur um die verwünschte Buntheit wieder loszuwerden.

Wie hat er gescholten, als der arme Bursch nach dem Taler fragte!

Der graue Vogel hat aber doch von seiner Eitelkeit nicht lassen können und hat nach einiger Zeit zum andern Mal einen Taler ausloben lassen für den, der ihn so rot wie die Flecken eines Distelfinks mache.

Wieder lief ein Mädchen vorbei, dessen Schatz war ein Schneidergesell. ›Oh‹, dachte es, ›ob mein Liebster das wohl vermag? Wenn wir nachher von jedem Kuckuck einen Taler kriegen, sind wir reiche Leute.‹ Das Mädchen geht also heim, und gleich kommt auch der Schneidergesell und will dem Kuckuck ein rotes Kleid anmessen. Der sieht sich den Mann an, denkt noch an den Maler und will vorerst nur ein paar rote Flecken in seinem grauen Gefieder haben. »Kann ich auch«, sagt der Schlingel und näht ihm wahrhaftig lauter bunte Fetzen auf Brust und Flügel, so dass der Kuckuck schier der schönste Vogel im ganzen Walde wird.

»Komm in einer Woche wieder, wenn's mir dann noch gefällt, sollst du den Taler haben«, verspricht er dem Jungen, »und ich werde dich weiterempfehlen.«

Nun hat aber gerade in jener Woche der Herbst mit Sturm und Regen begonnen, und alle Tiere haben sich im tiefsten Gestrüpp bergen müssen. Als der arme Schneider seinen Lohn holen will, fliegt ein wilder Vogel mit lauter flatternden Lappen, mit zerrissenen Knien und sieben Löchern in der Weste auf ihn zu und hackt ihm beinahe die Augen aus. So böse ist der Kuckuck über des Schneiders feine Kleider. Von dem Taler ist keine Rede mehr gewesen, und mit der Hochzeit haben der Bursch und sein Mädchen noch lange warten müssen.

Als nun der Winter in den Wald einzog, war der Kuckuck auf Reisen und dachte wenig an solche Sachen. Aber der Frühling folgte, alle Vögel fuhren brautlustig daher, und der Graue schämte sich zum dritten Male seines einfarbigen Kleides. Wie er nun wieder seinen Taler auslobte, kam ein Mädchen vorbei, das hatte einen Schatz, der dichtete bunte Lügen nach seinem Sinn. ›Oh‹, dachte es bei sich, ›für einen Taler können wir mit unserer Aussteuer beginnen, vielleicht vermag mein Liebster dem Kuckuck zu helfen?‹

»Das wird sich machen lassen«, sagte denn auch der Dichter und lachte. Und er schnitzelte sich aus seiner rosenroten Brille ein kleines Stück ab, das reichte gerade für einen Kuckuckskopf. Damit ging er in den Wald. »Komm her«, rief er schallend, »grauer Freund, der du des Lebens Jahre kündest! Komm her, ich will dir zeigen, wie schön die Welt ist!« Und als der Vogel herbeiflog, band er ihm die Brille um, ganz fest.

Da sah der Kuckuck seine Brust und die Flügel und die Füße an, und alles war wirklich rosenrot. »Du bist der rechte Meister«, sagte er zu dem Dichter, »hier hast du deinen Taler!« Wie haben sich der Junge und sein Mädchen gefreut!

Es war nun auch alles herrlich rot geworden, wohin der Kuckuck schaute: Himmel und Bäume und fremde Vögel; es war eine einzige Pracht rundumher. Sogar die Käfer und Würmer, die der Herr verspeiste, waren jetzt rosenrot. Das war auf die Dauer etwas langweilig. Und wenn der Kuckuck mit seiner Frau das Nest suchte, weil sie ein Ei legen wollte, konnte er kaum noch unterscheiden, wo sein eigenes und wo ein fremdes war. Ach, meistens blieben die Eier bei anderen Leuten, das hat der Kuckuck sich in seiner rosenroten Zeit angewöhnt, und es scheint ihm noch heute am bequemsten.

Schließlich ist ihm aber die ganze Rosenroterei verdrießlich geworden. Es gab ja auch andere Farben. Blau oder Gelb hätte der Herr zum Beispiel prächtig gefunden oder gar ein wenig Grau in dieser ewig rosenroten Welt. »Ach«, seufzte er mitunter, »vielleicht bin ich schöner gewesen, als ich mein altes Kleid trug.« Er dachte viel darüber nach und hatte kaum noch Freude an Wald und Busch.

So traf er eines Tages auch den Lügendichter mit seiner jungen Frau wieder, die gingen beide im Grünen spazieren. Sie waren fröhlich und guter Dinge, obschon der erste Taler für die Aussteuer noch nicht gereicht hatte.

»Hallo, da bist du ja! Nun, Freund Kuckuck, was macht die Welt?«, fragte der Mann und lachte.

»Ach«, grämte der, »das Leben ist verwünscht langweilig geworden!« Und er scheuerte über die beschlagenen Brillengläser und zog das mürrischste Gesicht, das ein Kuckuck machen kann.

»Aber sieh doch nur, wie herrlich der Sommer ist!«

»Zum Auswachsen ist deine Welt«, gähnte der Graue, »ich gäbe mein halbes Vermögen darum, wenn ich wieder in der alten wäre.«

Der Bursche wurde traurig und wollte dem Kuckuck helfen. Aber die junge Frau fragte rasch: »Wie groß ist dein halbes Vermögen, guter Freund?«

»Ach, fünf Taler werden's sein«, sagte der Vogel, »ich habe keine Freude mehr daran.«

Da nahm der Mann dem Kuckuck die Brille ab. Und der gab gleich die blanken fünf Taler her, so froh war er ja, dass er sich in seinem herrlichen alten grauen Rock wiederfand. Und er lud alle Leute, denen er begegnete, zu sich ein. Weil er aber kein Geld mehr hatte, tanzte der Schelm mit seiner Frau so lange allein durch den Wald, bis alle Gäste sich wieder verlaufen hatten.

Wo die Brille geblieben ist? Nun - die hat der Dichter heimlich zu sich gesteckt; man soll sich vor ihm hüten, dass es einem nicht wie dem Kuckuck ergeht. Aber das geschieht ja nur den eitlen Männern, deren es heute keine und nirgendwo mehr gibt.

So sagte man mir.

Märchen aus Schleswig-Holstein

Der Glasbrunnen

Auf einem Schlosse wohnte eine Jungfrau, die war so schön, man konnte auf der Welt nichts Schöneres sehn. Sie hatte dunkelbraune Haare, und ihre Augen waren so glänzend schwarz, dass man fast so wenig darein blicken konnte, wie ins liebe Sonnenlicht. Die Jungfrau hatte aber ein hochmütiges Herz, und alle Freier, die auf das Schloss kamen, wies sie schnöde von hinnen; und wenn es die reichsten Grafensöhne waren, so wurden sie doch nur eine Zeit lang zum Besten gehalten und dann unter Hohn und Spott verabschiedet wie die andern, auf Nimmerwiedersehen. Das ging nun so, so lang es ging. Eines Tages kam ein Jüngling, der gefiel der Jungfrau heimlich über die Maßen wohl. Ihr stolzes Herz ließ ihr aber nicht zu, dass sie es gestanden hätte; und so ließ sie ihn Geschenke auf Geschenke, eines prächtiger und reicher als das andere, auf das Schloss bringen und wies ihn jedes Mal mit künstlichen Worten ab, so oft er sie bat, dass sie jetzt seine Braut werden möchte. An einem Abend saßen die beiden beisammen im Walde nahe bei einer Quelle, die tief aus einem moosigen Felsen heraussprudelte. Da sagte die Jungfrau zu dem Jüngling: »Ich weiß, Ihr könnt mir keinen Fürstenthron zum Brautschatz schenken; gleichwohl will ich Eure Braut sein, wenn Ihr mir an der Stelle des Dorngebüsches, das hier diese Quelle verdeckt, ein Wasserbecken von Edelsteinen herrichtet, die so rein sind wie Glas und so lauter wie das Wasser, das darein fließt.«

Nun fügte sich's, dass die Mutter des Jünglings eine Fee war; und als er ihr noch am gleichen Tag erzählte, was die Jungfrau auf dem Schlosse von ihm verlangte, da erstellte sie über Nacht ein Brunnenbecken in dem Wald, das überstrahlte in Blau und Gelb und Karmesin alle Blumen. Des andern Morgens sagte die Jungfrau zu dem Jüngling: »Etwas habt Ihr getan; es ist aber noch nicht alles, was ich billig verlangen kann. Zu dem Brunnenbecken gehört ein Garten; den müsst Ihr mir noch an die Stelle des Waldes setzen, sonst kann ich Eure Braut nicht sein.« Das sagte der Jüngling wiederum seiner Mutter; und als am Abend die Jungfrau an dem Brunnen saß, da sprosste es rings um sie her veilchenblau und rosenrot auf, und in einem Augenblick war der ganze Wald ein Garten; der Boden war mit Millionen Blumen übersät und in den Büschen sangen und hüpften wilde und zahme Vögel, dass es eine Freude war. Der Jungfrau lachte bei diesem Anblick das Herz, und als nun der Jüngling herzukam, so wäre sie ihm beinahe um den Hals gefallen und seine Braut geworden; allein auf einmal fielen ihre Augen auf ihr Schloss, das sich nun gar alt und seltsam ausnahm neben dem prächtigen Garten mit dem funkelnden Glasbrunnen. Da sagte sie: »Der Garten gefällt mir; es ist aber noch nicht alles, was ich billig verlangen kann; an die Stelle des alten Schlosses müsst Ihr mir eins von Rubin und Perlen erbauen, sonst kann ich Eure Braut nicht sein.« Als der Jüngling diese Rede seiner Mutter wieder hinterbrachte, da wurde die Fee von Zorn erfüllt; im Augenblick war der schöne Garten verschwunden, und das alte Waldgestrüppe wucherte wieder fort; nur der schimmernde Glasbrunnen blieb, und daran saß jetzt die Jungfrau alle Abend und wartete mit Sehnsucht auf den Jüngling; aber dieser blieb fort, denn seine Mutter hatte ihm das stolze Herz der Jungfrau geoffenbart; und wenn sie nicht gestorben ist, so sitzt sie noch dort.

Märchen aus der Schweiz

Die drei Wünsche

Ein junges Ehepaar lebte recht vergnügt und glücklich beisammen und hatte den einzigen Fehler, der in jeder menschlichen Brust daheim ist: Wenn man's gut hat, hätt' man's gerne besser. Aus diesem Fehler entstehen so viele törichte Wünsche, woran es unserem Hans und seiner Lise auch nicht fehlte. Bald wünschten sie des Schulzen Acker, bald des Löwenwirts Geld, bald des Meiers Haus und Hof und Vieh, bald einmal hunderttausend Millionen bayerische Taler kurzweg. Eines Abends aber, als sie friedlich am Ofen saßen und Nüsse aufklopften und schon ein tiefes Loch in den Stein hineingeklopft hatten, kam durch die Kammertür ein weißes Weiblein herein, nicht mehr als eine Elle lang, aber wunderschön von Gestalt und Angesicht, und die ganze Stube war voll Rosenduft. Das Licht löschte aus, aber ein Schimmer wie Morgenrot, wenn die Sonne nicht mehr fern ist, strahlte von dem Weiblein aus und überzog alle Wände. Über so etwas kann man nun doch ein wenig erschrecken, so schön es aussehen mag. Aber unser gutes Ehepaar erholte sich doch bald wieder, als das Fräulein mit wundersüßer silberreiner Stimme sprach:

»Ich bin eure Freundin, die Bergfei Anna Fritze, die im kristallenen Schloss mitten in den Bergen wohnt, mit unsichtbarer Hand Gold in den Rheinsand streut und über siebenhundert dienstbare Geister gebietet. Drei Wünsche dürft ihr tun; drei Wünsche sollen erfüllt werden.«

Hans drückte den Ellenbogen an den Arm seiner Frau, als ob er sagen wollte: ›Das lautet nicht übel‹. Die Frau aber war schon im Begriff, den Mund zu öffnen, und etwas von ein paar

Dutzend goldgestickten Hauben, seidenen Halstüchern und dergleichen zur Sprache zu bringen, als die Bergfei sie mit aufgehobenem Zeigefinger warnte: »Acht Tage lang«, sagte sie, »habt ihr Zeit. Bedenkt euch wohl und übereilt euch nicht.« ›Das ist kein Fehler‹, dachte der Mann und legte seiner Frau die Hand auf den Mund. Das Bergfräulein abschwand. Die Lampe brannte wie vorher, und statt des Rosendufts zog wieder wie eine Wolke am Himmel der Öldampf durch die Stube.

So glücklich nun unsere guten Leute in der Hoffnung schon zum Voraus waren und keinen Stern mehr am Himmel sahen, sondern lauter Bassgeigen; so waren sie jetzt doch recht übel dran, weil sie vor lauter Wunsch nicht wussten, was sie wünschen wollten, und nicht einmal das Herz hatten, recht daran zu denken oder davon zu sprechen, aus Furcht, es möchte für gewünscht passieren, ehe sie es genug überlegt hätten. Nun sagte die Frau: »Wir haben ja noch Zeit bis am Freitag.«

Des andern Abends, während die Kartoffeln zum Nachtessen in der Pfanne prasselten, standen beide, Mann und Frau, vergnügt an dem Feuer beisammen, sahen zu, wie die kleinen Feuerfünklein an der rußigen Pfanne hin und her züngelten, bald angingen, bald auslöschten, und waren, ohne ein Wort zu reden, vertieft in ihrem künftigen Glück. Als sie aber die gerösteten Kartoffeln aus der Pfanne auf das Plättlein anrichtete und ihr der Geruch lieblich in die Nase stieg: »Wenn wir jetzt nur ein gebratenes Würstlein dazu hätten«, sagte sie in aller Unschuld, und ohne an etwas anderes zu denken, und - oh weh! - da war der erste Wunsch getan.

Schnell wie ein Blitz kommt und vergeht, kam es wieder wie Morgenrot und Rosenduft untereinander durch das Kamin herab, und auf den Kartoffeln lag die schönste Bratwurst. - Wie gewünscht, so geschehen. - Wer sollte sich über einen solchen Wunsch und seine Erfüllung nicht ärgern? Welcher

Mann über solche Unvorsichtigkeit seiner Frau nicht unwillig werden?

»Wenn dir doch nur die Wurst an der Nase angewachsen wäre«, sprach er in der ersten Überraschung, auch in aller Unschuld, und ohne an etwas anders zu denken - und wie gewünscht, so geschehen. Kaum war das letzte Wort gesprochen, so saß die Wurst auf der Nase des guten Weibes fest, wie angewachsen im Mutterleib, und hing zu beiden Seiten hinab wie ein Husarenschnauzbart.

Nun war die Not der armen Eheleute erst recht groß. Zwei Wünsche waren getan und vorüber, und noch waren sie um keinen Heller und um kein Weizenkorn, sondern nur um eine böse Bratwurst reicher. Noch war ein Wunsch zwar übrig. Aber was half nun aller Reichtum und alles Glück zu einer solchen Nasenzierrat der Hausfrau? Wollten sie wohl oder übel, so mussten sie die Bergfei bitten, mit unsichtbarer Hand Barbiersdienste zu leisten, und Frau Lise wieder von der vermaledeiten Wurst zu befreien. Wie gebeten, so geschehen, und so war der dritte Wunsch auch vorüber, und die armen Eheleute sahen einander an, waren der nämliche Hans und die nämliche Lise nachher wie vorher, und die schöne Bergfei kam niemals wieder. *Merke:* Wenn dir einmal die Bergfei also kommen sollte, so sei nicht geizig, sondern wünsche *Numero ein*s: Verstand, dass du wissen mögest, was du *Numero zwei* wünschen sollest, um glücklich zu werden. Und weil es leicht möglich wäre, dass du alsdann etwas wähltest, was ein törichter Mensch nicht hoch anschlägt, so bitte noch *Numero drei:* um beständige Zufriedenheit und keine Reue. *Oder so:* Alle Gelegenheit, glücklich zu werden, hilft nichts, wer den Verstand nicht hat, sie zu benutzen.

Märchen aus Baden

Verwünschung und Erlösung

Fingerhütchen

Es war einmal ein armer Mann, der lebte in dem fruchtbaren Tale von Acherlow an dem Fuße des finstern Galti-Berges. Er hatte einen großen Höcker auf dem Rücken, und es sah gerade aus, als wäre sein Leib heraufgeschoben und auf seine Schultern gelegt worden. Von der Wucht war ihm der Kopf so tief herab gedrückt, dass, wenn er saß, sein Kinn sich auf seine Knie zu stützen pflegte. Die Leute in der Gegend hatten Scheu, ihm an einem einsamen Orte zu begegnen, und doch war das arme Männchen so harmlos und friedliebend wie ein neugeborenes Kind. Aber seine Ungestaltheit war so groß, dass er kaum wie ein menschliches Geschöpf aussah, und boshafte Leute hatten seltsame Geschichten von ihm verbreitet. Man erzählte sich, er besitze große Kenntnis der Kräuter und Zaubermittel, aber gewiss ist, dass er eine geschickte Hand hatte, Hüte und Körbe aus Stroh und Binsen zu flechten, auf welche Weise er sich auch sein Brot erwarb.

Fingerhütchen war sein Spottname, weil er allzeit auf seinem kleinen Hut einen Zweig von dem roten Fingerhut oder dem Elfenkäppchen trug. Für seine geflochtenen Arbeiten erhielt er einen Groschen mehr als andere, und aus Neid darüber mögen einige wohl die wunderlichen Geschichten von ihm in Umlauf gebracht haben. Damit verhalte es sich nun, wie es wolle, genug, es trug sich zu, dass Fingerhütchen eines Abends von der Stadt Cahir nach Cappagh ging, und da er wegen des lästigen Höckers auf dem Rücken nur langsam fortkonnte, so war es schon dunkel, als er an das alte Hünengrab von Knockgrafton kam, welches rechter Hand an dem Wege liegt. Müde und abgemattet, niedergeschlagen durch die Betrachtung, dass noch ein gutes Stück Weg vor ihm liege und er die ganze Nacht hindurch wandern müsse, setzte er sich unter den Grabhügel, um ein wenig auszuruhen, und sah ganz betrübt den Mond an, der eben silberrein aufstieg.

Auf einmal drang eine fremdartige, unterirdische Musik zu den Ohren des armen Fingerhütchens. Er lauschte, und ihm deuchte, als habe er noch nie so etwas Entzückendes gehört. Es war wie der Klang vieler Stimmen, deren jede zu der andern sich fügte und wunderbar einmischte, so dass es nur eine einzige zu sein schien, während doch jede einen besonderen Ton hielt. Die Worte des Gesangs waren diese: »Da Luan, Da Mort, Da Luan, Da Mort, Da Luan, Da Mort«. Danach kam eine kleine Pause, worauf die Musik von vorne wieder anfing.

Fingerhütchen horchte aufmerksam und getraute kaum Atem zu schöpfen, damit ihm nicht der geringste Ton verloren ginge. Er merkte nun deutlich, dass der Gesang mitten aus dem Grabhügel kam, und obgleich anfangs auf das höchste davon erfreut, ward er es doch endlich müde, denselben Rundgesang in einem fort, ohne Abwechslung anzuhören. Als abermals »Da Luan, Da Mort« dreimal gesungen war, benutzte er die kleine Pause, nahm die Melodie auf und führte sie weiter mit den Worten: »Augus Da Cadine«, dann fiel er mit den Stimmen in dem Hügel ein, sang »Da Luan, Da Mort«, endigte aber bei der Pause mit seinem »Augus Da Cadine«.

Die Kleinen in dem Hügel, als sie den Zusatz zu ihrem Geistergesang vernahmen, ergötzten sich außerordentlich daran und beschlossen, sogleich das Menschenkind hinunterzuholen, dessen musikalische Geschicklichkeit die ihrige so weit übertraf, und Fingerhütchen ward mit der kreisenden Schnelligkeit des Wirbelwindes zu ihnen getragen.

Das war eine Pracht, die ihm in die Augen leuchtete, als er in den Hügel hinabkam, rund umher schwebend, leicht wie ein Strohhälmchen! Und die lieblichste Musik hielt ordentlich Takt bei seiner Fahrt. Die größte Ehre wurde ihm aber erzeigt, als sie ihn über alle die Spielleute setzten. Er hatte Diener, die ihm aufwarten mussten, alles, was sein Herz begehrte, wurde erfüllt, und er sah, wie gern ihn die Kleinen hatten; kurz, er wurde nicht anders behandelt, als wenn er der erste Mann im Lande gewesen wäre.

Darauf bemerkte Fingerhütchen, dass sie die Köpfe zusammensteckten und miteinander beratschlagten, und so sehr ihm auch ihre Artigkeit gefiel, so fing er doch an sich zu fürchten. Da trat einer der Kleinen zu ihm hervor und sagte:

»Fingerhut, Fingerhut!
Fass dir frischen Mut!
Lustig und munter,
dein Höcker fällt herunter,
siehst ihn liegen, dir geht's gut,
Fingerhut, Fingerhut!«

Kaum waren die Worte zu Ende, so fühlte sich das Fingerhütchen so leicht, so selig, dass es wohl in einem Satz über den Mond weggesprungen wäre, wie die Kuh in dem Märchen von der Katze und der Geige. Er sah mit der größten Freude von der Welt den Höcker von seinen Schultern herab auf den Boden rollen. Er versuchte darauf, ob er seinen Kopf in die Höhe heben könnte, tat es aber mit Vorsicht und Verstand, aus Furcht, er möchte ihn an dem Tafelwerk der großen Halle einstoßen. Dann aber schaute er rings herum mit der größten Bewunderung und ergötzte sich an all den Dingen, die ihm immer schöner vorkamen. Zuletzt war er so überwältigt von der Betrachtung des glänzenden Aufenthalts, dass ihm der Kopf schwindelte, die Augen geblendet wurden und er in einen tiefen Schlaf verfiel.

Bei seinem Erwachen war es voller Tag geworden. Die Sonne schien hell, die Vögel sangen, und er lag gerade an dem Fuße des Riesenhügels, während Kühe und Schafe friedlich um ihn her weideten. Nachdem Fingerhütchen sein Gebet gesagt hatte, war sein erstes Geschäft, mit der Hand nach seinem Höcker zu greifen, aber es war auf dem Rücken keine Spur davon zu finden, und er betrachtete sich nicht ohne Stolz, denn aus ihm war ein wohlgebildeter, behänder Bursche geworden, und, was keine Kleinigkeit schien, er sah sich von Kopf bis zu Füßen in neuen Kleidern und merkte wohl, dass die Geister ihm diesen Anzug besorgt hatten.

Nun machte er sich auf den Weg nach Cappagh, er ging so tapfer daher und sprang bei jedem Schritte, als wenn er es sein Lebtag nicht anders gewohnt gewesen wäre. Niemand, der ihm begegnete, erkannte Fingerhütchen ohne den Höcker, und er hatte große Mühe, die Leute zu überreden, dass er es wirklich wäre, und in der Tat, seinem Aussehen nach war er es auch nicht mehr.

Wie es aber zu gehen pflegt, die Geschichte von Fingerhütchens Höcker wurde überall bekannt und viel Wesens davon gemacht. Meilenweit in der Gegend redete jedermann, vornehm oder gering, von nichts als von dieser Begebenheit.

Eines Morgens saß Fingerhütchen an seiner Haustüre und war guter Dinge. Da trat eine alte Frau zu ihm und sagte: »Zeigt mir doch den Weg nach Cappagh.«

»Ist nicht nötig, liebe Frau«, antwortete er, »denn das ist hier Cappagh, aber wo kommt Ihr her?«

»Ich komme aus der Gegend von Decie in der Grafschaft Waterford und suche einen Mann, der Fingerhütchen genannt wird, und dem die Elfen sollen einen Höcker von der Schulter genommen haben. Da ist der Sohn meiner Gevatterin, der hat einen Höcker auf sich sitzen, der ihn noch totdrücken wird; vielleicht würde er davon erlöst, wenn er wie Fingerhütchen ein Zaubermittel anwenden könnte. Nun stellt Ihr Euch leicht vor, warum ich so weit hergekommen bin, ich möchte, wenn's möglich wäre, etwas von dem Zaubermittel erfahren.«

Fingerhütchen, das immer gutmütig gewesen war, erzählte der alten Frau den Hergang ganz umständlich, wie es den Gesang der Elfen in dem Grabhügel fortgeführt, wie sie den Höcker von seinen Schultern weggenommen und wie sie ihm einen neuen Anzug von Kopf bis zu Füßen noch obendrein gegeben hätten.

Die alte Frau dankte tausendmal und machte sich wieder auf den Heimweg, zufriedengestellt und ganz glücklich in ihren Gedanken. Als sie bei ihrer Gevatterin in der Grafschaft Waterford angelangt war, erzählte sie genau, was sie von Fingerhütchen erfahren hatte. Danach setzte sie den kleinen buckeligen Kerl, der sein Lebelang ein heimtückisches, hämisches Herz gehabt hatte, auf einen Wagen und zog ihn fort. Es war ein langer Weg. ›Aber was tut das‹, dachte sie, ›wenn er nur den Höcker los wird‹; eben als die Nacht hereinbrach, langte sie bei dem Riesenhügel an und legte ihn dabei nieder.

Hans Madden, denn das war der Name des Buckligen, hatte noch gar nicht lange gesessen, so hub schon die Musik in dem Hügel an, noch viel lieblicher als je, denn die Elfen sangen ihr Lied mit dem Zusatz, den sie von Fingerhütchen gelernt hatten: »Da Luan, Da Mort, Da Luan, Da Mort, Da Luan, Da Mort, augus Da Cadine«, ohne Unterbrechung. Hans, der nur geschwind seinen Höcker los sein wollte, wartete nicht, bis die Elfen mit ihrem Gesang fertig waren, noch achtete er auf einen schicklichen Augenblick, um die Melodie weiter als Fingerhütchen fortzuführen, sondern als sie ihr Lied mehr als siebenmal in einem fort gesungen hatten, so schrie er ohne Rücksicht auf Takt und Weise der Melodie, und wie er seine Worte passend anbringen könnte, aus vollem Halse: »Augus Da Dardine, augus Da Hena«, und dachte: ›War ein Zusatz gut, so sind zwei noch besser, und hat Fingerhütchen einen neuen Anzug erhalten, so werden sie mir wohl zwei geben.‹

Kaum waren aber die Worte über seine Lippen gekommen,

so ward er aufgehoben und mit wunderbarer Gewalt in den Hügel hineingetragen. Hier umringten ihn die Elfen, waren sehr böse, und schreiend und kreischend riefen sie: »Wer hat unsern Gesang geschändet? Wer hat unsern Gesang geschändet?« Einer trat hervor und sprach zu ihm:

»Hans Madden, Hans Madden!
Deine Worte schlecht klangen,
so lieblich wir sangen!
Hier bist du gefangen,
was wirst du erlangen?
Zwei Höcker für einen, Hans Madden!«

Und zwanzig von den stärksten Elfen schleppten Fingerhütchens Höcker herbei und setzten ihn oben auf den Buckel des unglückseligen Hans Madden, und da saß er so fest, als wenn er mit Zwölfpfennigsnägeln von dem besten Zimmermann, der je Nägel eingeschlagen hat, aufgenagelt wäre. Danach stießen sie ihn mit den Füßen aus ihrer Wohnung, und am Morgen, als Hans Maddens Mutter und ihre Gevatterin kamen, nach dem kleinen Kerl zu sehen, so fanden sie ihn an dem Fuß des Hügels liegen, halbtot mit einem zweiten Höcker auf seinem Rücken. Sie betrachteten ihn, eine nach der andern, aber es blieb dabei; am Ende ward ihnen angst, es könnte ihnen auch ein Höcker auf den Rücken gesetzt werden. Sie brachten den armseligen Hans wieder heim, so betrübt im Herzen und so jämmerlich anzusehen, als noch je ein paar alte Weiber. Hans, durch das Gewicht des zweiten Höckers und die lange Fahrt erschöpft, starb bald hernach, indem er jedem eine schwere Verwünschung hinterließ, der auf den Gesang der Elfen horchen wollte.

Märchen aus Irland

Von der wunderschönen Prinzess,

verwünscht im wilden Meer in der Steinklippe

In einem Dorfe lebte einmal ein kluger Bauer. Eines Tages ging er auf das Feld, um seinen Acker zu bestellen. Da begegnete ihm der König, der sah so betrübt aus. Da fragte ihn der Bauer: »Warum bist du so traurig? Du hast doch alles, was du dir wünschst, und brauchst für nichts Sorge zu tragen!« Der König antwortete darauf: »Recht hast du. Ich besitze viele Reichtümer und Schätze, aber dennoch bin ich unglücklich; ich habe keine Kinder!«

»Wenn's weiter nichts ist«, erwiderte der Bauer, »so gib dich zufrieden, übers Jahr wird deine Frau niederkommen und einen Sohn gebären.«

»Trifft das ein, so weiß ich dir Dank«, versetzte der König und kehrte in sein Schloss zurück.

Nach Jahresfrist fand sich der König wieder auf dem Acker ein und rief dem Bauern freudig zu: »Deine Worte sind in Erfüllung gegangen, heute hat mir die Königin einen Sohn geboren! Wünsche dir jetzt, was du willst, es soll dir gewährt werden!« Der Bauer wollte anfangs von der Belohnung nichts wissen, da der König aber nicht abließ, in ihn zu dringen, sagte er endlich: »Nun gut, meine Frau ist gleichzeitig mit der deinen niedergekommen, nimm den neugeborenen Knaben als dein eigenes Kind an, und lass ihn als den Bruder des rechten Prinzen erziehen.«

Der König war damit einverstanden, nahm des Bauern Kind zu sich auf sein Pferd und brachte es der Königin auf das Schloss. Dort wurde es zu dem jungen Prinzen in die Wiege gelegt, und die beiden Knaben galten vor aller Welt als Zwillinge. Der Sohn des Königs aber wurde Karl genannt, während der des Bauern Friedrich hieß.

Als die Prinzen größer geworden waren, gingen sie häufig auf die Jagd. Da erblickten sie eines Tages einen wunderschönen Vogel, der dicht vor ihnen her am Boden flatterte. Prinz Friedrich konnte sich gar nicht satt sehen an dem bunten Gefieder, und er eilte dem Vogel nach, um ihn zu fangen. Aber das Tier war flinker als der Jäger und entwischte immer rechtzeitig seinen Händen. Darüber ward Prinz Karl böse, er ergriff seinen Bogen und schoss mit einem Pfeil nach dem Vogel, dass er tot zu Boden stürzte. Das verdross Prinz Friedrich, und zornig warf er das blutende Tier in ein nahes Gewässer. Kaum hatten jedoch die Federn den Wasserspiegel berührt, so durchdrang neues Leben den Vogel, er setzte seine Flügel in Bewegung, erhob sich in die Lüfte und flog davon, und bald war er den Blicken der Jäger entschwunden. Prinz Karl achtete nicht weiter darauf, aber Prinz Friedrich erkannte, dass hier der Quell des Wassers des Lebens sei, und merkte sich die Stelle.

Als sie von der Jagd in das Königsschloss zurückgekehrt waren, baten die beiden Prinzen ihren Vater, er möge ihnen doch im Wald ein Jagdschloss bauen. Der König willigte ein, und da Prinz Friedrich es so wünschte, wurde das Haus an der Quelle mit dem Wasser des Lebens errichtet. Ehe sie es jedoch bezogen, mussten die trefflichsten Künstler und Maler alle Stuben und Säle auf das Prächtigste ausschmücken. Prinz Karl und Prinz Friedrich gingen Tag für Tag hin, um das Fortschreiten der Arbeiten zu beobachten, und besuchten jedes Zimmer. Nur in ein einziges wollten die Maler sie nicht hineinlassen, das dürften sie erst betreten, wenn alles vollendet sei. Endlich war auch diese Stube fertig. Prinz Karl war der erste, welcher über die Schwelle trat. Aber kaum stand er in dem Gemach, so sank er auch schon wie leblos zu Boden. Denn an die Wand war von den Malern die wunderschöne Prinzess, verwünscht im wilden Meer in der Steinklippe, gemalt worden, und das Bild hatte es dem Prinzen angetan.

Wie er nach langer Zeit aus der Ohnmacht wieder erwachte, sprach er zu Prinz Friedrich: »Bruder, wir müssen die verwünschte Prinzessin erlösen. Bekomme ich sie nicht zur Frau, so muss ich sterben!« Da Prinz Karl fest auf seinem Vorsatz beharrte, so willigte Prinz Friedrich endlich ein, und sie baten beide den König, dass er ihnen erlaube, auf Reisen zu gehen und Abenteuer zu suchen. Die Bitte wurde gewährt, sie erhielten prächtige Kleider und zwei schöne Rosse, und dann ritten sie fort von dem Königsschlosse in die weite Welt hinein.

Es dauerte nicht lange, so kamen sie in einen großen Wald, der kein Ende nehmen wollte. Drei Tage und drei Nächte waren sie geritten, da wurden sie so müde, dass sie vor einer kleinen Waldhütte haltmachten, um dort zu übernachten. Prinz Karl blieb bei den Pferden, während Prinz Friedrich in das Haus trat. Aber soviel er auch umherspähte, nirgends war etwas von einem Menschen zu sehen. Unterdes war Prinz Karl ungeduldig geworden und trat auch herein, da erschien plötzlich eine schwarz gekleidete Jungfrau, die fragte, was sie begehrten.

»Wir bitten um Unterkunft für die Nacht«, antworteten die Prinzen.

»Das soll euch erlaubt sein«, erwiderte die schwarze Jungfrau, und verschwunden war sie.

Nachdem sich die Prinzen von ihrem Erstaunen erholt hatten, gingen sie hinaus, um nach den Pferden zu sehen, fanden sie aber nicht. Sie suchten und suchten, bis sie an einen Stall kamen, wo die beiden Rosse an gefüllten Krippen standen und fraßen. Da waren sie zufrieden und kehrten wieder in die Hütte zurück.

Nun waren sie aber beide von dem langen Ritt todmüde. »Oh, wenn doch ein paar Stühle hier wären!«, seufzte Prinz Karl. In demselben Augenblick waren auch schon die Stühle zur Stelle.

»Dann wünschen wir uns auch noch einen Tisch mit Speisen für den Hunger!« Und siehe da, auch der Tisch und die herrlichsten Speisen standen sofort vor ihnen. Da setzten sie sich, langten kräftig zu, bis sie ihren Hunger gestillt hatten. Dann standen sie auf und riefen: »Jetzt hätten wir gerne zwei weiche Betten!« Im Nu standen sie da. Die Prinzen kleideten sich aus und legten sich hinein. Es dauerte gar nicht lange, so war Prinz Karl fest eingeschlafen.

Prinz Friedrich wollte kein Schlaf in die Augen kommen, und das war ein großes Glück; denn als die Uhr elf schlug, öffnete sich die Türe, und herein trat die schwarze Jungfrau, stellte ein Licht auf den Tisch und deckte denselben. Als sie damit fertig war, gesellte sich ein schwarzer Mann zu ihr, und beide setzten sich nieder und speisten.

Nach einer kleinen Weile sprach die Jungfrau: »Väterchen, ich weiß etwas Neues.«

Er antwortete: »Liebe Tochter, was weißt du denn?«

»Väterchen, hier sind zwei ausländische Prinzen, die wollen die wunderschöne Prinzess, verwünscht im wilden Meer in der Steinklippe, erlösen, und sie könnten das Werk auch vollbringen, wenn sie wüssten, was ich weiß.«

Da versetzte der Schwarze: »Was weißt du denn, mein Töchterchen?«

Sie sprach: »Unter dem ersten Eckstein unserer Hütte liegt eine goldene Kugel, die muss Prinz Friedrich nehmen, und sie wird ihm den Weg nach der Steinklippe zeigen.«

Als sie das gesprochen hatte, verschwanden der schwarze Mann und seine Tochter wieder.

Prinz Friedrich aber behielt alle diese Worte in seinem Herzen und dachte bei sich: ›Wenn wir noch eine Nacht hier blieben, vielleicht, dass wir noch mehr erfahren könnten.‹ Deshalb überredete er Prinz Karl, und sie blieben noch eine Nacht.

Um Mitternacht, als Prinz Karl von festem Schlummer umfangen war, während Prinz Friedrich schlaflos auf seinem Bette lag, öffnete sich die Türe, und es erschienen wieder der schwarze Mann und die schwarze Jungfrau und setzten sich zu Tische.

»Väterchen«, hub die schwarze Jungfrau an, »ich weiß etwas Neues.«

»Nun, was weißt du denn?«, fragte der Schwarze.

»Es sind zwei ausländische Prinzen hier, die wollen die wunderschöne Prinzess, verwünscht im wilden Meer in der Steinklippe, erlösen, und sie könnten das Werk auch vollbringen, wenn sie wüssten, was ich weiß.«

»Nun, was weißt du denn, Töchterchen?«

»Unter dem zweiten Eckstein unseres Hauses liegt ein goldener Degen. Den muss Prinz Friedrich nehmen und, wenn er an das Meer kommt, damit in die Wellen schlagen; so wird sich das Wasser teilen und wie eine Mauer zu beiden Seiten stehen, dass die Prinzen durch das wilde Meer bis zur Steinklippe reiten können.«

Nach diesen Worten verschwanden die beiden.

Prinz Friedrich aber dachte bei sich: ›Weiß die schwarze Jungfrau, wie wir an die Steinklippe gelangen, so wird sie auch wissen, wie wir die Prinzessin selbst erreichen!‹ Darum gab er am andern Morgen dem Prinzen Karl die schönsten Worte, er möge doch noch eine Nacht in der Hütte verweilen. Er quälte und bat so lange, bis der Bruder nachgab.

In der dritten Nacht lag Prinz Karl wieder vom tiefen Schlaf umfangen, als die schwarze Jungfrau mit dem schwarzen Mann in die Stube eintrat.

Da sprach die schwarze Jungfrau: »Väterchen, ich weiß etwas Neues!«

»Nun, was weißt du denn, meine Tochter?«

»Es sind zwei ausländische Prinzen hier, die wollen die wunderschöne Prinzess, verwünscht im wilden Meer in der Steinklippe, erlösen, und sie könnten das Werk auch vollbringen, wenn sie wüssten, was ich weiß.«

»Nun, was weißt du denn?«

»Unter dem dritten Eckstein unserer Hütte liegt eine goldene Rute. Die muss Prinz Friedrich nehmen, und wenn er mit dem Prinzen Karl an die Steinklippe kommt, muss er die Pforte damit berühren. Alsbald wird sie sich öffnen, dass die Prinzen eintreten können. Nacheinander muss Prinz Friedrich sodann noch elf Türen auf dieselbe Weise öffnen; die zwölfte Tür darf er aber nicht mit der Rute berühren, dort muss er klopfen. Sogleich wird die Türe aufspringen, die Prinzessin herausstürzen und dem Prinzen Karl um den Hals fallen. Prinz Friedrich wird sich darum grämen, da er allein alle Arbeit getan hat, doch das hilft ihm nichts, denn die wunderschöne Prinzess, verwünscht im wilden Meer in der Steinklippe, ist einzig und allein für den Prinzen Karl bestimmt.«

Darauf verließen der schwarze Mann und seine Tochter das Zimmer, und Prinz Friedrich schlief fest ein.

Am andern Morgen grub Prinz Friedrich unter den drei Ecksteinen der Hütte und fand dort die goldene Kugel, den goldenen Degen und die goldene Rute. Sodann holten die Prinzen ihre Pferde aus dem Stall, schwangen sich darauf und ritten davon. Die goldene Kugel aber sprang dem Prinzen Friedrich aus der Tasche und rollte im Sand vor ihnen her, bis sie an das wilde Meer gelangten. Hier stieg Prinz Friedrich vom Pferd und schlug mit dem goldenen Degen dreimal in die Meereswogen hinein. Sofort staute sich das Wasser zu beiden Seiten, dass sie wie auf einer breiten Straße zur Steinklippe ritten. Auch die goldene Rute tat ihre Dienste. Es währte nicht lange, so sprang, wie die schwarze Jungfrau vorhergesagt hatte, auf das Klopfen des Prinzen Friedrich die zwölfte Tür auf, und die wunderschöne Prinzess hing dem Prinzen Karl am Hals.

Da Prinz Friedrich wusste, dass alles so kommen müsse, ärgerte er sich jedoch nicht weiter darüber, sondern nahm die schöne Kammerjungfer in seine Arme und verlobte sich mit ihr. Nachdem sie einander genug geherzt und geküsst hatten, hob Prinz Karl die Prinzessin und Prinz Friedrich die Kammerjungfer vor sich auf das Ross, und dann machten sie sich auf den Heimweg. Gegen Abend langten sie bei dem kleinen Häuschen an und beschlossen, wieder dort zu übernachten. Sie wünschten sich aber diesmal vier Stühle und vier Betten, und siehe, sie bekamen alles, was sie verlangten.

Als die Nacht anbrach und den übrigen längst der Schlaf die Augen geschlossen hatte, konnte Prinz Friedrich wiederum nicht einschlummern.

Mit dem Schlage elf öffnete sich die Türe, und der schwarze Mann trat mit seiner Tochter herein.

»Väterchen«, hob sie an, »ich weiß schon wieder etwas Neues!«

»Nun, was denn?«

»Es sind zwei ausländische Prinzen hier, die glauben, sie hätten die wunderschöne Prinzess, verwünscht im wilden Meer in der Steinklippe, erlöst! Doch sie irren sich. Sie würden die Erlösung aber vollbringen, wenn sie wüssten, was ich weiß.«

»Nun, was weißt du denn?«

»Wenn die Prinzen heimreiten, werden sie an eine hölzerne Brücke kommen. Dann muss Prinz Friedrich vorreiten und zuerst über die Brücke sprengen, obgleich eine Stimme hoch oben aus der Luft herabruft: ›Seht doch einmal, was sich der grobe Bauernprinz einbildet!‹ Reitet Prinz Friedrich nicht zuerst über die Brücke, sondern lässt er Prinz Karl den Vorrang, so sind sie alle vier verloren und fahren samt der Brücke in den Abgrund hinab.«

Dann verschwanden die beiden.

Prinz Friedrich dachte bei sich: ›Das geht hier sonderbar zu; aber die Ratschläge waren das erste Mal gut, so werden sie uns auch jetzt von Nutzen sein; und ist die schwarze Jungfrau damals drei Nächte gekommen, wird sie auch diesmal so tun.‹ Er überredete also den Prinzen Karl, drei Tage in dem Häuschen zu bleiben; und da derselbe seinen Bruder von Herzen liebhatte, so willigte er auch ein.

In der zweiten Nacht erschienen die beiden schwarzen Gestalten von Neuem, und die Tochter sagte:

»Väterchen, ich weiß etwas Neues!«

»Nun, was denn?«

»Es sind zwei ausländische Prinzen hier, die glauben, sie hätten die wunderschöne Prinzess, verwünscht in dem wilden Meer in der Steinklippe, erlöst; sie irren sich aber. Jedoch sie würden die Erlösung vollbringen, wenn sie wüssten, was ich weiß.«

»Nun, was weißt du denn?«

»Der alte König hat während der Abwesenheit der beiden Prinzen eine alte Hexe geheiratet. Wenn nun die Prinzen mit ihren Bräuten glücklich über die Brücke geritten sind, wird ihnen die Stiefmutter entgegenkommen und auf goldenem Teller vier Flaschen Wein darreichen. Dann muss Prinz Friedrich vorreiten und mit seinem Degen die Flaschen zerschlagen. Tut er es nicht und trinkt Prinz Karl von dem Wein, so müssen sie alle vier sterben.«

Danach verließen sie das Zimmer.

In der dritten Nacht sprach die schwarze Jungfrau wieder:

»Väterchen, ich weiß etwas Neues!«

»Nun, was denn?«

»Es sind zwei ausländische Prinzen hier, die glauben, sie hätten die wunderschöne Prinzess, verwünscht in dem wilden Meer in der Steinklippe, erlöst, sie irren sich aber; sie würden jedoch die Erlösung vollbringen, wenn sie wüssten, was ich weiß.«

»Nun, was weißt du denn?«

»Wenn die Prinzen mit ihren Bräuten heimgekehrt sind und zur Trauung fahren wollen, so wird ihnen auf dem Wege zur Kirche ein wunderschöner Schimmel entgegenkommen, sich vor der Prinzessin neigen und sie einladen, auf seinem Rücken Platz zu nehmen. Tut die Prinzessin das, so fährt der Schimmel mit ihr durch die Lüfte davon, und sie ist tausendmal mehr verwünscht denn je zuvor. Prinz Friedrich muss darum dem Unglück zuvorkommen und dem Schimmel mit seinem goldenen Degen das Haupt abschlagen, dann ist die Prinzessin gerettet.«

Jetzt wusste Prinz Friedrich genug und schlief fest ein. Am andern Morgen sattelten sie die Pferde und ritten der Heimat zu. Und wirklich, es kam wiederum alles, wie die schwarze Jungfrau zuvor gesagt hatte. Zuerst stiegen sie auf die prächtige Brücke. Schnell sprengte Prinz Friedrich mit seinem Ross dem Bruder voran und ritt zuerst hinüber, obgleich die Stimme höhnend aus den Wolken rief: »Seht doch einmal, was sich der grobe Bauernprinz einbildet!« Prinz Karl wunderte sich zwar über das wunderliche Gebaren, aber böse wurde er erst, als ihm bald darauf seine Stiefmutter entgegentrat, ihn mit freundlichen Worten als ihren Sohn begrüßte und ihm den Wein darbot. Das schien ihm denn doch zu tölpelhaft, dass Prinz Friedrich mit dem goldenen Degen die Flaschen zerschlug, dass das köstliche Getränk auf den Erdboden floss. Prinz Friedrich aber kehrte sich nicht an dem Zorn seines Bruders, sondern lockte einen Hund heran und ließ ihn von dem vergossenen Weine lecken. Sofort streckte das Tier alle Viere von sich und gab seinen Geist auf.

Da erkannte Prinz Karl, dass sein Bruder ihm das Leben gerettet, und er drückte ihm dankbar die Hand. Darum sagte er auch nichts, als Prinz Friedrich, nachdem sie in das königliche Schloss zurückgekehrt waren, auf dem Wege zur Trauung dem prächtigen Schimmel das Haupt abschlug, so sehr die Prinzessin auch über den Tod des herrlichen Rosses jammerte. Ihre Freundschaft blieb felsenfest; sie zogen zusammen in das Schloss, das sie sich hatten erbauen lassen, und lebten mit ihren Frauen einträchtig beieinander und hatten ihre Freude an den schönen Kindern, die sie ihnen gebaren.

Der alten Königin ließ es aber keine Ruhe, dass Prinz Friedrich alle ihre Pläne zunichte gemacht, und sie sann Tag und Nacht darauf, sich an ihm zu rächen. Eines Abends nun war Prinz Friedrich an den Strand gegangen, um von der Düne aus auf die See zu schauen, ob seine und seines Bruders Schiffe bald heimkehren würden. Da schlich die alte Hexe ihm nach, sprach einen Zauberspruch, und da lag er vor ihr als ein großer Felsblock im Sand. Vergnügt rieb sich das böse Weib die Hände und eilte in das Schloss zurück.

Als Prinz Friedrich nicht heimkehrte, litt es Prinz Karl nicht mehr im Schloss bei seiner Gemahlin. Er setzte sich auf sein Pferd und ritt in die weite Welt hinaus, um den verschollenen Bruder zu suchen. Nachdem er lange Zeit hin und her geirrt war, führte ihn der Zufall wieder in das kleine Häuschen im Walde. Guten Mutes, einmal ausruhen zu dürfen, kehrte er dort ein, führte sein Pferd in den Stall und wünschte sich selbst Tisch, Stuhl, Speise und Trank und ein weiches Bett zum Schlafen. Aber so weich er auch auf den Daunen lag, kein Schlaf wollte ihm in die Augen kommen.

Schlag elf öffnete sich die Türe, und die schwarze Jungfrau trat mit dem schwarzen Mann herein, und beide setzten sich an dem Tische nieder.

»Väterchen«, sprach die Tochter, »ich weiß etwas Neues!«

»Nun, was denn?«

»Es ist ein ausländischer Prinz hier, der sucht seinen Bruder. Er würde ihn auch finden, wenn er wüsste, was ich weiß!«

»Nun, was weißt du denn?«

»Sein Bruder ist von der alten Hexe, der Stiefmutter der Prinzen, in einen Stein verwandelt und liegt auf der Düne am Strande.«

Als die schwarzen Gestalten wieder verschwunden waren, fiel es dem Prinzen wie Schuppen von den Augen, und er beschloss, noch eine Nacht in dem Häuschen zu bleiben.

In der nächsten Nacht sprach die schwarze Jungfrau wieder:

»Väterchen, ich weiß etwas Neues!«

»Nun, was denn?«

»Es ist ein ausländischer Prinz hier, der würde seinen verzauberten Bruder wohl erlösen, wenn er wüsste, was ich weiß.«

»Nun, was weißt du denn?«

»In dem Zimmer des Prinzen Friedrich hängt über der Türe ein großer goldener Degen. Wenn Prinz Karl den nimmt und seine älteste zwölfjährige Tochter zu dem Steine führt, das Kind darauf stellt und den zarten Körper so lange mit dem Degen zerschlägt, bis der ganze Stein mit Blut bedeckt ist, so erhält Prinz Friedrich Gesundheit und Leben zurück.«

Dann verschwanden die beiden.

Prinz Karl hatte nun zwar sein ältestes Töchterchen sehr lieb, aber das Wohl seines Bruders lag ihm noch mehr am Herzen. Er nahm sich deshalb sogleich vor, um des Bruders willen das Kind nicht zu schonen. Da er aber den Degen noch niemals in des Prinzen Friedrich Zimmer gesehen, so beschloss er, noch eine Nacht in dem Häuschen zu verbringen, ob er vielleicht noch mehr über die Sache erfahren könne.

Und richtig, als die Uhr elf schlug, traten der schwarze Mann und seine Tochter wieder ins Zimmer hinein.

»Väterchen, ich weiß etwas Neues«, sprach die schwarze Jungfrau.

»Nun, was denn, mein Töchterchen«, entgegnete der Vater.

»Es ist ein ausländischer Prinz hier, der möchte seinen Bruder erlösen. Aber der goldene Degen ist nicht so leicht zu führen, wie er es sich denkt. Er würde ihn aber führen können, wenn er wüsste, was ich weiß.«

»Nun, was weißt du denn?«

»Dicht neben dem goldenen Degen steht auf dem Sims eine Flasche. Trinkt Prinz Karl daraus, so durchdringt ihn Riesenkraft, und er vermag den Degen zu schwingen.«

Als die beiden verschwunden waren, konnte Prinz Karl kaum die Zeit erwarten, bis die Nacht vorüber war und die Sonne aufging. Dann zog er geschwind sein Ross aus dem Stall und ritt, so schnell er konnte, in sein Schloss zurück. In Prinz Friedrichs Zimmer schaute er begierig nach dem goldenen Degen, und siehe, er hing genau an der Stelle, die die schwarze Jungfrau bezeichnet hatte. Er versuchte, ihn herunterzuheben, aber es gelang ihm nicht. Da griff er nach der Flasche auf dem Sims und leerte sie mit einem Zuge. Sogleich zog es wie Feuer durch seine Adern, und federleicht schien ihm die Waffe, die er vorher nicht von der Stelle zu bewegen vermochte.

Nachdem er den goldenen Degen umgehängt, rief er sein zwölfjähriges Töchterchen zu sich und hieß es, ihn zum Strande zu begleiten. Das Kind sprang fröhlich vor dem Vater her, die Düne hinauf. Oben auf dem großen Steine musste es niederknien; dann ergriff es Prinz Karl an der Kehle und hieb mit dem Degen auf den zarten Leib ein, dass das Blut den ganzen Stein überströmte und das Mädchen den Geist aufgab.

Kaum war der Felsblock mit dem warmen Blute bedeckt, als er sich zu regen und bewegen begann; er reckte sich und streckte sich und kehrte zu seiner früheren Gestalt zurück. »Warum hast du mich aus meinem Schlafe gestört, mein Bruder?«, fragte Prinz Friedrich. »Ich hatte so schön geruht.«

Da fiel Prinz Karl seinem Bruder vor Freuden um den Hals und erzählte ihm alles, wie es gekommen war. Dann traf sein Blick die Leiche des Kindes, und er weinte bitterlich.

»Die Sorge will ich dir nehmen«, sagte Prinz Friedrich, ergriff die Leiche und wusch sie in dem See am Schlosse mit dem Wasser des Lebens. Sofort heilten die Wunden, und das Mägdlein schlug seine Augen auf.

»Nun wollen wir aber auch die alte Hexe bestrafen«, sprach er darauf, und die beiden Brüder griffen das böse Weib und fragten sie, was sie lieber wolle, ihr Leben lang einen sieben Meilen langen Schwanz nachschleppen oder neunmal sterben. Das erste schien der Hexe denn doch eine zu große Qual, darum wählte sie die andere Strafe. ›Denn‹, dachte sie, ›was sie auch reden, einmal kann ich ja doch nur sterben.‹

Aber sie hatte sich verrechnet. Die beiden Prinzen ließen das falsche Weib sich zu Tode quälen, und als sie endlich gestorben war, wurde sie in dem See gewaschen, und sofort kehrten ihre Lebenskräfte zurück. Als sie die Künste des Prinzen Friedrich bemerkte, da fing sie an zu jammern und zu flehen und bat ihn, es doch mit einem Tode bewenden zu lassen. Aber alles Bitten half dem bösen Weibe zu nichts, sie musste neunmal sterben, und erst dann durfte sie die Grabesruhe genießen.

Prinz Friedrich und Prinz Karl lebten aber noch viele Jahre mit ihren Frauen in Glück und Frieden; und wenn sie nicht gestorben sind, leben sie heute noch.

Märchen aus Pommern und Rügen

Der böse Zauberer und der Apfel

Es war einmal ein Mann, der eine Frau hatte, aber keine Kinder. Die beiden wünschten sich sehnlichst ein Kind. Jeden Morgen, jeden Abend jammerten sie, weil sie kein Kind hatten und waren wirklich ganz betrübt.

Einst wanderte Leila, so hieß die Frau, die Landstraße entlang; da begegnete ihr ein fremder Mann und sprach zu ihr: »Leila, du siehst so betrübt aus. Ich will den Grund wissen.« Leila erzählte ihm ihr Leid und ihren Kummer. Der Fremde tat, als wäre er über diese Mitteilungen erstaunt, dann sprach er: »Höre, ich werde mit dir einen Vertrag schließen. Ich werde dir ein Mittel geben, dass euch ein Kind wird, aber wenn es das Alter von zwölf Jahren erreicht, musst du es mir als Eigentum übergeben.«

Leila war so freudig überrascht, dass sie ein Kind haben sollte, dass sie den gefährlichen Punkt des Vertrages übersah. Freudig gelobte sie, die Bedingung anzuerkennen.

Hierauf übergab ihr der Fremde einen großen, schönen Apfel mit den Worten: »Leila, nimm diesen Apfel. Schäle ihn und iss ihn mit deinem Manne! Dann werdet ihr nach der bestimmten Zeit einen Knaben haben.« Hocherfreut nahm Leila den Apfel und eilte nach Hause. Wenngleich die beiden Eheleute Zweifel hegten, ob sich ihr Wunsch verwirklichen werde, schälten sie den Apfel und aßen ihn sogleich auf. Nach der bestimmten Zeit genas Leila eines schönen, lieblichen Knaben. Die Freude kann man sich denken. Mutter und Vater zogen das Kind mit Liebe und Zärtlichkeit auf, eifrig bemüht, diesem ein sorgloses Leben zu bereiten, und so wurde er verhätschelt und verwöhnt.

Dann kam die Zeit, wo der Knabe die Schule besuchen musste. Die Mutter ließ ihn nur mit schwerem Herzen aus dem Hause. Der aber freute sich, mit anderen Knaben nach der Schule wandern und mit ihnen in einem Kreis um den Lehrer sitzen zu können. Als er dann fast zwölf Jahre alt war, redete ihn eines Tages ein alter, fremdländisch aussehender Mann auf der Straße an und sagte zu ihm: »Sag, heißt deine Mutter nicht Leila?«

»Ja, so heißt sie!«

»Dann sage ihr, sie möge jetzt ihr Versprechen erfüllen!« Der Junge vergaß jedoch den Auftrag und sagte seiner Mutter kein Wort hiervon.

Wiederholt ließ sich der alte Mann blicken und gab dem Jungen stets denselben Auftrag, doch dieser vergaß ihn jedes Mal. Endlich fragte er ihn einmal heftig: »Nun, hast du deiner Mutter endlich meinen Auftrag ausgerichtet?« Als der Knabe berichtete, dass er dies immer vergessen habe, fasste der Alte seine Hand und biss ihn so heftig in den kleinen Finger, dass der Junge laut aufschrie. Der Alte sagte bloß noch: »Das tu ich, damit du an die Sache denkst!«, und verschwand.

Als der Junge weinend nach Hause kam, fragte seine Mutter sogleich nach der Ursache seiner Tränen, und er erzählte sein eigenartiges Erlebnis. Die Mutter konnte sich jedoch an kein Versprechen erinnern, das sie einmal gegeben haben sollte, und sagte bloß: »Der böse, böse Mann. Sage ihm, er solle sich das Versprochene nur da nehmen, wo er es findet!«

Der Knabe ahnte natürlich nicht, wie gefährlich diese Worte waren. Als er dann den alten Mann wieder traf, überbrachte er ihm diese Antwort seiner Mutter, und sogleich hob ihn jener auf seine Schultern und sprach: »Nun gut, ich habe mir das Versprochene da genommen, wo ich es gefunden habe!«

Nun wanderte er mit dem Knaben weit, weit weg. Dem Knaben schien es ein endloser Weg zu sein. Zuletzt, nachdem sie viele, viele Meilen zurückgelegt und nachdem der Kleine sogar zu müde geworden war, um weinen zu können, gelangten sie in einen finstern Wald.

Der Alte schlug an einen Baum, und sogleich tat sich dieser Baum auf wie ein weites Tor. Der Alte ging durch die Öffnung in den Baum hinein und gelangte, immer noch mit dem Knaben auf seinen Schultern, in einen unterirdischen Palast, der von einem Garten voll herrlicher Blumen umgeben war. Dann nahm er den Knaben von den Schultern herunter und führte ihn in einen geräumigen Stall, in dem eine große Anzahl schöner schlanker Rosse stand. Zum Knaben sprach jetzt der Alte: »Diese Rosse musst du füttern. Besonders wünsche ich aber eines dabei: dem größten Pferde dort musst du mehr Schläge als Futter geben. Übrigens darfst du, wenn ich einmal abwesend bin, keinen Schritt tun, von dem du mir nicht berichten könntest.« Der Junge versprach dies, und es dauerte nicht lange, so hatte er sich ganz gut eingelebt und weinte immer seltener.

Als der Alte eines Tages ausgegangen war und der Knabe sich in den Pferdestall begeben hatte, begann zu seiner Verwunderung eines der Pferde zu sprechen und sagte ihm Folgendes: »Kleiner, schlag uns nicht. Wir sind verzauberte Menschen, wir sind Könige und Große des Reiches. Dieser böse Zauberer brachte uns hierher, wie er dich hierher gebracht hat, und auch du wirst in Bälde in ein Tier verwandelt werden. Und doch gibt es ein Mittel, uns und dich selbst zu retten. Nur du kannst das ausführen. Doch still, er kommt; sage ihm aber kein Wort!«

Der Junge eilte die Stufen hinauf und lief dem Alten entgegen. Dieser fragte ihn erbost, warum er nicht geantwortet habe, denn er habe ihn gerufen. Der Knabe erwiderte mit ruhiger Stimme, dass er im Stalle gewesen sei und sich über die schönen Pferde gefreut habe. Den Alten befriedigte diese Antwort, und er sagte weiter nichts. Er blieb jetzt etliche Tage zu Hause und ging nicht fort, dem Knaben aber erschien diese Zeit endlos; denn er wünschte, der Alte möge bald wieder einmal fortgehen, damit er sich mit jenem wunderbaren Pferde unterhalten könne. Endlich rüstete sich der Alte zum Aufbruch und prägte jetzt dem Knaben seine Gebote aufs Nachdrücklichste ein, Flüche und Drohungen dabei ausstoßend.

Als der Knabe wieder in den Stall kam, begann jenes Pferd: »Das Mittel, dich und uns alle zu befreien, ist folgendes: Wenn dein Herr einmal gut mit dir ist, so frage ihn, ob du ihm nicht das Kopfhaar und den Bart kraulen dürfest. Wenn er das zugibt, so kraule ihn so lange, bis er einschläft. Fahre aber auch dann fort, ihm die Haare zu kraulen und ihn zu streicheln. Du wirst bemerken, dass der Bart an der rechten Seite seines Gesichtes an einer Stelle verfilzt ist. In jenem Filze findest du ein kleines goldenes Schlüsselchen. Nimm dieses fest in deine Hand. Dann komm in den Stall herunter und öffne das dort in die Wand eingemauerte Kästchen. Darin findest du eine Feder und eine Schale mit Wasser. Nimm die Feder, tauche sie ins Wasser der Schale und spritze es auf uns. Wir Armen werden dann sogleich unsere hässliche Tiergestalt ablegen und wieder zu Menschen werden. Doch auf mich spritze vorerst nichts von jenem Wasser - dem Lebenswasser. Denn ich muss noch meine Tiergestalt behalten, damit du auf meinem Rücken fliehen kannst. Stecke in deine Tasche ein scharfes Messer, einige Stücke Glas und einen groben Kamm mit scharfen Zacken. Verrate aber niemandem von unserem Gespräch.«

Der Knabe fand alsbald Gelegenheit, dem Alten das Schlüsselchen zu entwenden und alles ganz genau so, wie jenes Pferd ihm aufgetragen hatte, auszuführen. Er bestieg also das Pferd, die anderen Tiere waren bereits allesamt zu Menschen geworden, und das schnelle Ross trug ihn mit der Geschwindigkeit des Windes dahin. Auf einmal begann es: »Höre, du darfst nicht eher rückwärts blicken, bis ich es dir sage!«

Wir lassen jetzt Ross und Knaben fliehen und sprechen über den Alten. Dieser blieb lange, lange Zeit in tiefem Schlafe liegen. Als er endlich aufwachte, fand er den Saal leer. Er rief den Jungen, aber niemand antwortete ihm. Er suchte ihn im ganzen Palaste, aber er fand ihn nirgends. Er schrie, aber keine Stimme gab Antwort. Zuletzt lief der Alte in den Pferdestall, da fand er ihn leer. Nun begann er laut zu schreien, zu fluchen, zu toben; dann weinte er wieder und rief: »Sie haben mich hintergangen. Sie haben mir den Zauberschlüssel entwendet.«

Hierauf eilte der Alte mit Zauberschritten aus dem Palaste und begann endlich schnell zu laufen; und bald erblickte er das davoneilende Pferd. Diesem war mittlerweile der Gedanke gekommen, der Alte könne nun ausgeschlafen haben. Deshalb befahl es dem Knaben, sich umzuschauen. Der Knabe blickte nach rückwärts und schrie bestürzt: »Er kommt. Er holt uns ein. Er ist ganz nahe.«

Da rief das Pferd: »Wirf den Kamm auf die Erde!« Der Knabe gehorchte, und sogleich belegte sich die Straße mit einer Unzahl scharfer Eisenkämme. Diese hinderten den Zauberer am Vorwärtseilen. Er begann zu schimpfen und zu fluchen, und nur mühsam kam er vorwärts, wobei die scharfen Zacken der Kämme ihm manche schmerzende Wunde rissen. Doch um jeden Preis musste er Ross und Reiter einholen und gelangte schließlich auch wieder in die nächste Nähe der Fliehenden.

Als der Knabe sich wieder umgewandt hatte und seinem Pferde das Nahen des bösen Zauberers mitgeteilt hatte, rief dieses: »Wirf die Glasstücke auf die Erde!« Dies tat der Knabe, und sogleich war die Straße mit spitzen Glasscherben gespickt, die dem dahineilenden Zauberer die Füße zerschnitten.

Obwohl die sich blutig färbenden Glasscherben ihm die entsetzlichsten Schmerzen bereiteten, bemühte er sich vorwärts zu eilen, und auch diesmal gelang es ihm, dicht an die Fliehenden heranzukommen.

Der Knabe sah, als er sich wieder umwandte, den Zauberer nahe und teilte dies seinem Pferde mit. Dieses befahl dem Knaben, als der Zauberer schon fast den Schweif des Pferdes packen konnte, das Messer fallen zu lassen, und sofort war die Straße mit lauter scharfen Messerklingen besät. Da stürzte der Zauberer, wobei er die Fliehenden verfluchte und ein lautes Wehgeschrei ausstieß. Gleich beim ersten Schritte, den der Zauberer über die Messerklingen getan hatte, hatten sich diese tief in sein Fleisch eingeschnitten, und die Messerspitzen drangen ihm immer tiefer und tiefer ins Fleisch ein, und unter Flüchen und Verwünschungen, die wir gar nicht in den Mund nehmen können, verließ seine böse Seele, wenn überhaupt sein Körper eine Seele besaß, seinen Körper; denn er hatte über jene Messerklingen keine Zauberkraft.

Das Pferd trug den Knaben hurtig weiter, und zuletzt gelangten sie zu einer großen Stadt. Vor deren Mauern verwandelte sich das Pferd in einen Menschen, und zwar in einen König, der prächtige Kleider trug und sogar eine Krone auf seinem Haupte hatte. Der Knabe begleitete ihn in seine Stadt hinein, und der König gab ihm, weil er ihn aus der Gewalt des bösen Zauberers gerettet hatte, seine einzige Tochter zur Frau. Da wurde der Knabe später ein großer König.

Märchen aus Malta

Die Quelle, deren Wasser in einen Löwen verwandelt

Es waren einmal zwei Waisenkinder, ein Knabe von fünfzehn Jahren und seine Schwester, ein Mädchen von zwölf Jahren. Als sie, von Hunger und Durst geplagt, hinaus in den Wald von Fontvieille gingen, begegnete ihnen an einer Quelle eine Schäferin. Sie gab ihnen gerne von ihrem Brot, das sie als Wegzehrung bei sich hatte, aber sie konnte ihnen nichts zu trinken geben. Sie sprach: »Alle, die aus dieser Quelle trinken, werden in einen Löwen verwandelt.«

Da sprach der Knabe zu seiner Schwester: »Ach, Schwester, ich halte es vor Durst nicht mehr aus. Ich werde trinken. Wenn ich ein wilder Löwe werde, dann nimm dein Strumpfband und binde mich an.«

Er trank von dem Wasser und wurde zum Löwen. Seine Schwester nahm ihr Strumpfband und band ihn damit an.

In jenem Walde war der junge König von Frankreich gerade auf der Jagd. Seine Hunde führten ihn zu dem Löwen. Da fragte der König das Mädchen, was es mit diesem Löwen auf sich habe. Sie antwortete: »Es ist mein Bruder. Dieses Wasser hier hat ihn in einen Löwen verwandelt.«

Als er sah, wie schön das Mädchen war, und weil er ein gütiges Herz hatte, sprach er: »Komm mit mir, mein Kind. Der Löwe möge auch mitkommen.«

»Aber tut ihm gewiss auch niemand jemals etwas zuleide?«

»Nein, ich verspreche es dir.«

So kam es, dass der König sie mit sich nahm. Das kleine

Mädchen wuchs heran, und der König gewann sie sehr, sehr lieb. Eines Tages fragte er sie, ob sie seine Frau werden wolle. Das Mädchen sprach: »Von Herzen gerne, aber nur unter der Bedingung, dass mein Bruder ganz nahe bei mir sein darf und nicht von meiner Seite genommen wird und dass ihm auch nicht das kleinste Leid geschieht.«

Der König antwortete: »Ich verspreche es dir.«

Da wurde mit großer Pracht die Hochzeit gefeiert. Einige Zeit später musste der König in den Krieg ziehen. Da ließ er seine Frau unter der Obhut der Schwiegermutter zurück.

Die junge Königin erwartete ein Kind, und als ihre Zeit kam, da gebar sie einen Knaben. Die böse Schwiegermutter, die die Stiefmutter des Königs war, warf die arme Wöchnerin mitsamt ihrem Söhnlein in den Brunnen. Dafür legte sie ihre eigene Tochter, die ebenfalls gerade ein Kind geboren hatte, ins Wochenbett der jungen Königin.

Endlich kehrte der König zurück. Er eilte zum Lager seiner Gemahlin. Als er sie erblickte, erschrak er und rief: »Wie siehst du ganz anders aus! Wie hast du dich verändert, seit ich weggegangen bin!«

Sie antwortete: »Das kommt, weil ich so sehr gelitten habe. Deshalb sehe ich so verändert aus.«

»Liebe Frau, du sollst wieder zu Kräften kommen. Was möchtest du essen?«

Da sprach die Falsche: »Ich möchte ein Stück gebratenes Fleisch von dem Löwen.«

Darüber war er sehr verwundert, und er sprach: »Ich musste dir versprechen, dass dem Löwen niemals ein Leid geschieht, und ich habe es versprochen.«

Sie aber rief: »Wenn ich kein Fleisch von dem Löwen zu essen bekomme, so muss ich auf der Stelle sterben!«

Da willigte der König endlich ein und rief einen seiner Diener zu sich: »Jean, geh und nimm dein Gewehr und töte den Löwen!«

Der Löwe aber entfloh und rannte zu dem Brunnen. Aus dem Brunnen aber ertönte eine Stimme, die sang:

»Als der König jagte im Walde,
da versprach er mir fest,
dass er meinen Bruder gut halte,
ihm kein Leid geschehen lässt.«

Und der Diener verwunderte sich sehr, als nun auch der Löwe zu singen begann:

»Ach, meine Schwester, sieh,
Jean ist herangekommen.
Er hat ein Gewehr in die Hand genommen!
Er will mich treffen ins Herz,
ach, geliebte Schwester, welch ein Schmerz!«

Da kehrte der Diener erschrocken und unverrichteter Dinge ins Schloss zurück. Der König aber befahl einem anderen Diener, den Löwen zu töten. Wieder flüchtete der Löwe sich zum Brunnen, und aus dem Brunnen ertönte die Stimme:

»Als der König jagte im Walde,
da versprach er mir fest,
dass er meinen Bruder gut halte,
ihm kein Leid geschehen lässt.«

Und der Diener wunderte sich nicht weniger als der erste, als nun auch der Löwe zu singen begann:

»Ach, meine Schwester, sieh,
Pierre ist herangekommen.
Er hat ein Gewehr in die Hand genommen!
Er will mich treffen ins Herz!
Ach, geliebte Schwester, welch ein Schmerz!«

Entsetzt eilte Pierre ins Schloss zurück und erzählte dem König alles, was er gesehen und gehört hatte. Da ging der König selbst zum Brunnen hinaus, und auch er vernahm die Stimme aus dem Brunnen, die sang:

»Als der König jagte im Walde,
da versprach er mir fest,
dass er meinen Bruder gut halte,
ihm kein Leid geschehen lässt.«

Und auch er lauschte verwundert dem Gesang des Löwen:

»Ach, meine Schwester, sieh,
der König von Frankreich ist herangekommen.
Seine Diener hatten ein Gewehr in die Hand genommen!
Sie wollten mich treffen ins Herz.
Ach, geliebte Schwester, welch ein Schmerz!«

Da befahl der König drei Männern, sie sollten den Brunnen auspumpen, und sie sollten schauen, was sich auf seinem Grunde befinde. Die Männer aber fanden auf dem Grunde des Brunnens nichts als einen Stein, den sie mit all ihrer Kraft nicht fortbewegen konnten.

»Was habt ihr gefunden?«, fragte der König.

»Wir fanden nichts als einen kleinen Stein, dieser aber war so schwer, dass wir ihn mit all unserer Kraft nicht heben konnten.«

Da stieg der König selbst in den Brunnen hinab. Er berührte den Stein, der auf seinem Grunde lag, mit seiner Rute. Da konnte er ihn heben, und er gelangte in ein unterirdisches Verlies. Darin saßen seine Frau und sein kleiner Sohn. Er eilte mit ihnen in sein Schloss zurück. Seine Stiefmutter wurde aschfahl, als sie den König, die junge Königin und das Kind erblickte. Sie zitterte und bebte.

Der König aber geriet in einen nie da gewesenen Zorn und ließ sie lebendig verbrennen. Dann ging er zu der falschen Königin und fragte: »Was verdienst du zur Strafe?«

»Ach, es war meine Mutter, die mich zu solchem Frevel verführte.«

»Ich verzeihe dir. Aber du sollst auf der Stelle mein Schloss verlassen und nie mehr wiederkehren.«

So geschah es. Der König und die Königin lebten noch lange mit ihrem Kinde in Glück und in Frieden. Später hat auch der Löwe seine menschliche Gestalt wiedererhalten.

Dies aber ist ein anderes Märchen und das erzähle ich euch ein andermal.

Märchen aus der Provence

Der Sohn der Spitzenklöpplerin

Es war einmal eine Spitzenklöpplerin, die lebte in einem Dorf in den Jurabergen. Sie hatte einen einzigen Sohn. Das war ein pfiffiger Bursche: einer, der das Gras wachsen hört und den man nicht schickt, um Holz auf der Wiese zu sammeln.

Als er heranwuchs, wurde er ein richtiger Bergler, der beste Pilzsucher und der gewiefteste Jäger weit und breit. Er war ein schöner Bursche, und manches Mädchen dachte insgeheim an ihn, aber er sah die Mädchen nicht einmal an. Früh auf und früh wieder zu Bett, kam es ihm nicht in den Sinn, bei einer Schönen des Dorfes zu »fenstern«. Sein ganzes Denken gehörte der Jagd, und er brachte seine Tage hin, dem Wild an den gefährlichsten Orten nachzustellen. Seine Mutter war verzweifelt; sie hätte es so gerne gesehen, wenn er ein Mädchen aus dem Dorf zur Frau genommen hätte, das ihm den Haushalt führen und ihm schöne Kinder schenken würde. Aber der Junge meinte, die Frauen brächten nur Unannehmlichkeiten. Er liebe die Ruhe und die Stille und wolle sich nicht mit einer Heirat Ungemach einhandeln.

Im Dorf wohnte in einer armseligen Hütte ein altes Weib, die Brigitte. Sie war hässlich wie die Sünde, und jeder machte einen großen Bogen um sie, wenn er ihr begegnete. Man gab ihr immerhin zu essen, denn man fürchtete, sie könnte einen verhexen, wenn man sie erzürnte. Sie war oft draußen, auf den Weiden und im Wald, auf der Suche nach Kräutern. Auch die alte Brigitte hörte das Gerede von dem Burschen, der nichts von den Mädchen wissen wollte, aber sie hatte dafür nur ein höhnisches Grinsen übrig.

Eines Tages lag der Sohn der Klöpplerin hinter einem Felsen auf der Lauer nach einem Wild, als er spürte, dass jemand ihn beobachte. Er sah auf und erblickte ganz nahe ein bezauberndes junges Mädchen mit goldblonden Haaren und rosen schimmernder Haut. »Was tust du hier?«, fragte er sie barsch.

»Ich suche Beeren.«

»Bleib dort sitzen und mach ja keinen Lärm, sonst erschreckst du mir das Wild!«

Das Mädchen gehorchte brav, blieb ganz ruhig, und es glückte dem Burschen, einen prächtigen Rehbock zu erlegen. Ohne sich weiter um die Schöne zu kümmern, kehrte er mit seiner Beute heim.

Aber am nächsten Tag war sie wieder da, wo er auf Anstand lag, und alle folgenden Tage traf er sie wieder an. Anfänglich wechselte er jeden Tag seinen Jagdplatz in der Hoffnung, das Mädchen würde ihn nicht finden, aber sie war immer wieder da, und gab vor Pilze oder Heidelbeeren zu sammeln. Allgemach gewöhnte er sich, sie um sich zu haben. Er fürchtete sogar, sie könnte einmal nicht kommen. Das Mädchen blieb in seiner Nähe, schweigsam, und sah ihm zu, wie er dem Wild auflauerte. Eines Tages wollte er sie umarmen, aber die Schöne stieß ihn zurück: »Nein, nein, ich kann nicht!«, sagte sie. »Heirate mich doch!« flehte der Bursche sie an. »Nein, ich habe ein Gelübde getan«, antwortete das Mädchen. »Du magst von mir fordern, was du willst, ich erfülle es!«

»Als meine Eltern starben, habe ich ihnen versprochen, nur den Mann zu heiraten, der mir eine weiße Lilie ohne jeden Flecken bringt. Aber wenn ich von heute an bis in dreißig Tagen diesem Manne nicht begegne, stürze ich mich vom Moron-Felsen herab!«

»Wenn es nur das ist, können wir morgen schon heiraten«, sagte der Bursche und rannte schnell nach Hause.

Seine Mutter war ganz erstaunt, als sie ihren Sohn so zeitig heimkommen sah, und erst noch ohne Beute. Als der Junge sie nun fragte, ob wohl Lilien in ihrem Garten wüchsen, ließ sie ihre Klöppel fallen.

»Was ist nur geschehen, mein Junge?«

»Nichts Besonderes, Mutter«, antwortete er und umarmte sie, »ich habe eine schöne Überraschung für dich!«

»Ist er am Ende verliebt?«, fragte sich die Frau.

Der Junge ging in den Garten, pflückte eine Lilie, die er sorgfältig ausgesucht hatte, doch als er sie seiner Schönen überreichte, legte sie ihren Finger sogleich auf einen braunen Fleck, der ein Blütenblatt verunzierte.

Tag für Tag pflückte nun der Bursche eine Lilie, die ihm makellos erschien und Tag für Tag zeigte sich auf der Blüte ein gelber oder schwarzer Fleck, sobald er sie dem jungen Mädchen darbot. Wohl versuchte er, die Blume mit aller Vorsicht zu tragen, legte sie auf Moos und in einen Korb, umsonst. Er ging sogar nach La Chaux-de-Fonds hinunter, zusammen mit seiner Mutter, die dort auf dem Markt ihre Spitzen verkaufte; er suchte alle Blumengeschäfte und Gärtnereien auf, um die seltene Blume zu finden; aber er fand keine Blüte, die nicht von einem Flecken verunziert war. Der arme Kerl aß nicht mehr, schlief nicht mehr und ging nicht mehr auf die Jagd. Nur noch einen Tag dauerte es bis zu dem schicksalhaften Datum; die Schöne hatte ihm gesagt, während sie seinen Umarmungen auswich: »Morgen stürze ich mich über den Felsen hinunter.«

»Dann springe ich morgen mit dir zusammen in den Tod! Ich liebe dich so sehr, dass ich nicht mehr ohne dich leben kann.«

Am Abend fragte ihn seine Mutter, die voller Unruhe den Seelenzustand ihres Sohnes beobachtet hatte, nach dem Grunde seines Kummers. »Wenn du ein Mädchen liebst, bringe sie doch morgen zu mir, selbst wenn es eine Fremde ist«, bat sie ihren Sohn.

»Ach, morgen!«, sagte er, »Morgen sterbe ich mit ihr zusammen!«

»Was erzählst du da?«, fragte die Mutter angstvoll und hielt in ihrer Arbeit inne. Und nun erzählte er ihr alles.

»Dummkopf, elender Dummkopf!«, rief die Mutter aus, »da hättest du so manches hübsche Mädchen aus unserem Dorfe haben können! Und du gehst und verliebst dich in eine Fremde, die womöglich noch verdrehter ist als du. Komm hinaus mit mir, wir gehen ein wenig spazieren; vielleicht bringt uns das auf bessere Gedanken!« Sie versorgte ihr Klöppelkissen, ihre Nadeln und den Faden in den Schrank, löschte ihre Lampe, legte ein Tuch um die Schultern und eins über ihre Haare und nahm ihren Sohn am Arm.

Als sie am Friedhof vorbeikamen, trafen sie ihre Nachbarin an, in Tränen aufgelöst. »Arme Marianne«, sagte die Mutter, »ihr kleiner Junge ist diese Woche gestorben. Es ist bedrückend, sie so traurig zu sehen. Komm, wir gehen noch bis zum Grab des Kindes!«

Der Bursche folgte, in Gedanken versponnen, seiner Mutter. Vor dem Grabe blieb er verblüfft stehen: Dutzende von schneeweißen Lilien blühten da!

»Ich glaube, nun bin ich gerettet, Mutter, morgen heirate ich!«

Am frühen Morgen ging er zum Friedhof, pflückte vom Grabe des Kindes eine Lilie und stürmte zu seinem Stelldichein. »Dies ist die letzte Blume, die ich dir bringe«, sagte er zu seiner Schönen.

»Du weißt, dass wir zusammen sterben, wenn ich auch nur den geringsten Schatten eines Fleckens darauf finde?« Die Schöne nahm die Blume entgegen, aber sie konnte lange suchen: nicht das kleinste Fleckchen beeinträchtigte den weißen Schimmer der Blüte.

»Nun?«, fragte der schöne Bergler, zitternd vor Liebe.

»Schön, umarme mich!«, antwortete das Mädchen höhnisch. Doch als er die Arme nach ihr ausstreckte, sah er mit Entsetzen, wie ihre Haut den Glanz verlor, sich runzelte, so dass ihr Gesicht aussah wie ein alter Apfel, wie ihre sanften Lippen sich zu einem schrecklichen Grinsen verzogen, wie ihr schönes weißes Kleid sich in unförmige Lumpen auflöste, wie ihre seidigen Haare sich in einen rauen Schopf verwandelten, der wie ein ungepflegter Pferdeschwanz aussah... und vor ihm stand Brigitte, die Zauberin, die sich auf ihren Hexenbesen schwang.

»Wenn du diese Lilie nicht gefunden hättest, wärest du jetzt ein toter Mann!«, rief sie ihm zu, als sie auf ihrem Besen davonflog. »Und für mich wäre es ein Vergnügen gewesen!«

Allein gelassen, fand der Bursche gleich sein Jagdgefühl wieder. Die Hexe befand sich auf der Höhe der Tannenwipfel, als er schoss. Sie stürzte über den Felsen von Moron hinab bis in den Doubs und stieß einen grässlichen Schrei aus, der von den Felswänden noch lange widerhallte. Ihr Besen hatte sich in den Baumwipfeln verfangen; man kann ihn heute noch dort sehen.

Der Bursche kehrte traurig nach Hause zurück. Seine Mutter stellte ihm keine Fragen. Aber sie war sehr erleichtert, als sie nach einiger Zeit bemerkte, dass er zusammen mit seinen Altersgenossen abends zu den Dorfschönen ging, um ihnen den Hof zu machen.

Märchen aus der Schweiz

Hans und Urschel

Im Lande Rätien war ein Mann, der war arm, aber einen kräftigern und schönern fand man im ganzen Gebirge nicht. Und dieser Mann konnte auswählen unter den Töchtern der Berge. Aber er sah nicht auf Tugend, sondern auf Besitztum und Schönheit.

Der Mann war mildherzig und »gebig«, wie der Samariter, - sein Weib, das war aber geizig und »häbig«, wie ein heuchelnder Pharisäer. Er konnte dem Weibe nie zu viel arbeiten und zu wenig essen. Die Weiber der Nachbarschaft nährten reichlicher und pflegten besser ihre Hündlein. Dies machte den Mann wehmütig und niedergeschlagen; er wünschte sich selber den Tod. Schönheit und Kraft entschwanden ihm, wie den Bäumen die welken Blätter, wenn der Winter mahnt. Einmal ging der Mann in den Wald, um Holz zu fällen für den Winter. Er hatte gearbeitet während vieler, vieler Stunden und nicht herumgeschaut, um besser Missgeschick und Hunger zu vergessen. Endlich brachte das reiche Weib ihm zum »Marend« ein Stücklein verschimmeltes Brot und eine sorgfältig ausgehöhlte Käsrinde. Das Weib legte diese in einen zerrissenen Lappen eingewickelte Mittagsmahlzeit auf die Erde, schaute um sich und schnurrete, auf ihren Mann sehend: »Wie wenig Arbeit für das, was du mir allein für das Essen kostest!«

Er schwieg, der abgehungerte Mann, und eine Träne, so groß wie eine Haselnuss, rollte auf seine Hand herab. Sie aber kehrte ihm den Rücken zu und begab sich mit ihrem ausgemästeten Leibe nach Hause.

Jetzt hob der Arme die Mittagsgabe seines Weibes von der Erde, setzte sich bei der nahen Quelle und erweichte das verschimmelte Brot und die steinharte Käsrinde, um sie besser kauen zu können. Und während er dies tat, flog ein Rabe mit seinem heisern »Rock, Rock, Koa« über ihm durch die Lüfte dahin.

»Oh, Weib!«, rief er aus, »möchtest du nur für ein einzig Jahr in einen solchen Raben verwandelt werden, um durch Winterkälte und Hungersplage menschlich fühlen zu lernen!« Kaum waren diese Worte seinen Lippen entgangen, als ein altes Weiblein vor ihm stand, gebeugt auf einen Stab. »Dein Wunsch ist erfüllt«, sprach die Alte freundlich ihn an. »Siehe, dort schwebt ein Rabe durch die Luft, dieser schwarze Geselle war dein Weib, das dich quälte durch Hunger und Gezänke.«

Und er blickte auf und hörte die Stimme seiner Urschel flehend: »Hans, ach Hans, vergib!«

Die Alte aber blickte den Hans an und sagte weiter: »Sie muss, wie du es gewünscht hast, nun ein volles Jahr Rabe bleiben und Winterkälte und Hungersplage erdulden. Fliegt sie aber vor dieser Zeit vor das Fenster deiner Wohnung und bittet um Einlass und Nahrung, und du wärest schwach genug, es zu gewähren, so ist sie erlöset, und du selbst musst dann ein Jahr Rabe bleiben.«

Grimmig kalt trat nun der Winter auf, Fluss und Sumpf waren mit Eis bedeckt. Die Vögel irrten herum und froren und fanden keine Speise.

Da setzte sich aufs Fenstergesimse ein hungriger Rabe und flehte um Einlass und Futter. Hans, mitleidig und »gebig«, öffnete dem armen Gaste, ohne ans Weiblein im Walde zu denken, das Fenster.

Aber, gleich flog er selber als Rabe in die kalte Schneeluft hinaus. Umsonst war sein Nahen und Bitten, Urschel war geizig und »häbig« und öffnete nicht.

Doch nach Jahreslauf kam Hans in seiner vorigen Gestalt. Urschel bereute, was sie früher getan. Sie lebten fortan glücklich, wie Mann und Frau immer es sollten.

Märchen aus Graubünden

Die verwunschene Alm

Es war einmal ein Bergbauer, der hatte einen großmächtigen Hof. Da gab es viel Gesinde und eine Menge Äcker und Wiesen und viel Vieh, das zur Sommerzeit auf eine große schöne Alm aufgetrieben und von einer Sennerin betreut wurde.

Der Bauer hatte drei Töchter, die stolze Kathl, die faule Gretl und die einfältige Urschl. Als die drei schon herangewachsen waren, kam eines Tages die Sennerin von der Alm herab und sagte: »Ich bleib nicht länger oben, dort ist kein Glück mehr. Die halbe Nacht kannst du das Vieh suchen und findest es doch nicht. Ich geh fort!« Voll Ärger rief der Bauer seine älteste Tochter herbei und sagte: »Kathl, geh du auf die Alm und schau, ob du mehr Glück hast. Es ist höchste Zeit, dass wir Käs und Butter bekommen!« Das stolze Mädchen aber erwiderte: »Ich, die älteste Bauerntochter und Hoferbin, soll als Sennerin auf die Alm gehen? Das tu ich nicht!«

»Lass es bleiben«, sagte der Vater, »aber dann bekommst du einmal Haus und Hof nicht!«

Auf diese Drohung hin änderte die stolze Kathl freilich gleich ihren Sinn. Sie holte sich aus der Speisekammer Käse, Butter, Honig und Brot zu einer tüchtigen Jause, legte alles in ein Körbl, das sie in feines Leinen einband, setzte das Bündel auf den Kopf und wanderte der Alm zu. Nach zwei Stunden erreichte sie die Sennerhütte. Sogleich trat sie in die Stube und breitete das Leinen auf den Tisch, denn für sie ziemte es sich nicht, vom ungedeckten Tisch zu essen. Behaglich speiste sie, und erst gegen Abend begab sie sich auf die Almböden hinaus, das verlorene Vieh zu suchen.

»Küahla, Küahla!«, rief sie. »Kommt her da, Küahla, Küahla!« Doch es zeigte sich nirgends auch nur eine einzige Kuh. Verdrießlich stapfte sie weiter, aber weil sie das Haupt stolz erhoben trug, patschte sie - plumps - in einen frischen Kuhfladen. »Pfui«, rief sie da, »garstiger Butznigl«, und scheuerte die Schuhe an den Grasbüscheln. Da bemerkte sie Viehtritte im weichen Almboden und ging diesen nach. Die Spuren führten in einen wilden, verwachsenen Graben hinab. Als sie dem Vieh nachging, hörte sie auf einmal ein Gejammer und Gestöhne: »Oh weh, oh weh, ich bin so müde, und niemand ist da, der mir hilft!« Und gleich danach zwängte sich ein Männlein durchs Gesträuch, bockstarr, zaundürr und kreuzbucklig. »Ei«, schnaufte es, »da ist ja ein Dirndle, gelt, du hilfst mir und lässt mich in deinen Arm einhängen?« Aber die stolze Kathl herrschte ihn an: »Gleich gehst du weg von mir!«

Daheim auf dem Hof wartete der Bauer eine Woche, ob denn die Kathl nicht endlich Käs und Butter heimbringe, er wartete noch eine zweite Woche, aber die Kathl kam nicht. Da schickte der Bauer den Stallbuben mit einer großen Kraxe hinauf auf die Alm, damit er Käs und Butter heimbringe und nachsehe, was denn die Kathl oben treibt.

Der Stallbub kam noch am selben Tag zurück, aber mit der leeren Trage, und sagte: »Kein Käs, keine Butter, keine Milch, keine Kuh, keine Kathl - da bin ich wieder heruntergegangen.«

Als der Bauer das hörte, rief er nach der faulen Gretl, die im Heu lag und gähnte. »Was ist, Vater?«, fragte sie.

»Du musst auf die Alm als Sennerin gehen!«

»Ist ja schon die Kathl droben, und ich liege grad so gut im Heu«, meinte die Gretl.

»Lass es bleiben«, erwiderte der Vater, »aber wenn du nicht auf die Alm gehst, kriegst du einmal dein Erbteil nicht!«

Da dachte die faule Gretl: »Wenn ich einmal mein Erbteil habe, dann kann ich alleweil im Heu liegen und schlafen.« Sie erhob sich, holte aus der Speisekammer eine ausgiebige Jause und wanderte auf die Alm. Sie brauchte vier Stunden hinauf, weil sie alle Augenblicke rasten musste, aber endlich war sie doch droben und legte sich sogleich ins Heu, verzehrte liegend die Jause und schlief beim Essen ein. Erst als die Sonne schon untergegangen war, erhob sich die Faule und rief auf den Almböden nach dem Vieh. Weil ihr dabei immer die Augen zufielen, trat auch sie in einen frischen Kuhfladen. Da machte sie die Augen freilich besser auf, und wenn sie auch zu faul war, die Schuhe abzuputzen, so sah sie doch die Viehtritte im Almboden und zottelte diesen nach in den wilden Graben hinab. Auf einmal hörte sie ein Gejammer und erblickte das alte Männlein, das auf sie zuging und rief: »Ei, da ist ja ein Dirndl! Gelt, ich darf mich einhängen?«

Aber die Gretl sagte: »Ich bin selber viel zu müd, mach nur, dass du allein fortkommst!«

Wieder wartete der Bauer daheim eine Woche und noch eine zweite, aber dann wurde es ihm zu lang, und er schickte abermals den Stallbuben auf die Alm. Doch der kam am Abend mit der leeren Kraxe zurück und sagte: »Kein Käs, keine Butter, keine Milch, keine Kuh, keine Kathl, keine Gretl - da bin ich wieder heruntergegangen.«

Fuchsteufelswild rief der Bauer die arme einfältige Urschl, die beim Reden mit der Zunge anstieß und daher von allen über die Achsel angesehen wurde. Die jüngste Tochter kam sogleich angelaufen und fragte den Vater, was er wolle. »Du musst alsbald auf die Alm hinauf als Sennerin!«, brummte der Bauer. Da freute sich die gute Urschl, dass sie doch auch zu etwas nütze sei, und war sogleich bereit zu gehen.

Rasch holte sie sich ein Stücklein Brot und ein kleines Stücklein Butter und eilte - hopperdi, topperdi - flugs auf die Alm, so dass sie schon in einer Stunde bei der Hütte war.

Aber wie sah es da verwahrlost und schmutzig aus! Auf der Türschwelle wuchsen Moos und Gras. Gleich kniete sich die Urschl hin, schabte mit ihrem Messer die Schwelle rein, holte Wasser und Bodenbürste und rieb den Stubenboden aus, dass ihr der Schweiß herabrann.

Derweil nahte der Abend. »Nun ist keine Zeit mehr zum Jausen«, überlegte sie und ging hinaus, das Vieh zu suchen. Aber ihr Rufen hatte keinen Erfolg. Doch fand auch sie die Viehtritte und stieg ihnen in den wilden Graben nach. Da hörte sie die jammernde Stimme: »Oh weh, oh weh, bin so viel müd, und niemand ist da, der mir hilft!«

»Ja, wo bist du denn?«, rief Urschl und eilte der Stimme zu. Da trat das kreuzbucklige Männlein aus dem Waldgesträuch und sagte: »Ei, Dirndl, gelt, du hilfst mir?« Die gute Urschl fasste ihn unterm Arm: »Vaterle, wo soll ich Euch hinführen?«, fragte sie. »Habt Ihr vielleicht unser Vieh gesehen?«

»Wohl, Dirndl«, erwiderte der Alte, »führ mich nur tiefer hinunter in den Graben. Wenn du ausharrst, wirst du alles finden, was für dich gut ist.« Dabei stützte er sich auf das Mädchen, das mit ihm behutsam in den finsteren Graben niederstieg. Aber das Männlein wurde immer schwerer und schwerer, so dass sie ihn kaum zu halten vermochte, und dazu begann es zu donnern und zu regnen, dass die arme Urschl waschelnaß wurde von Regen und Schweiß.

»Vaterle«, keuchte sie, »ist denn nirgendwo ein Häusel zum Unterstehen?«

»Ei wohl«, entgegnete das Männlein tröstend, »wir gehen ohnehin drauf zu, und deine Kühe findest du tiefer im Graben.« Als sie zu der Hütte kamen, stand die Haustür offen. Die Stube hatte keine Decke, und das Dach war so schadhaft, dass der Regen hernieder prasselte und die Blitze den Raum erleuchteten. Das Mädchen erblickte ein Himmelbett, der Alte aber löste jetzt von ihr den Arm und sagte: »Ich lege mich nieder, denn mich friert es sehr. In der Herdgrube ist noch Glut, zwei Eier liegen in dem Korb, mach mir noch eine Eierspeise!«

Urschl trat in den Winkel zur Feuerstatt. Dort fand sie eine Pfanne, legte ihr Butterwecklein hinein und bereitete dem Männlein sein Mahl. Sie gab ihm aus Mitleid auch ihr Brot und behielt nichts für sich.

Das Wetter aber tobte immer ärger, so dass ein Blitz und Donnerschlag nach dem andern niederkrachte. Da begann der Alte zu wimmern: »Dirndle, ich bitt dich, komm her zu mir, ich fürcht mich so sehr!« Die gute Urschl setzte sich zu ihm an den Bettrand. »Nit fürchten, Vaterle«, sagte sie freundlich und lehnte ihr Haupt an seine runzlige Stirn.

Im selben Augenblick flammte ein Blitz auf, ein gräulicher Donnerschlag ließ alles erbeben, und der armen Urschl schwanden die Sinne. Als sie wieder erwachte, war alles um sie herrlich verwandelt. Sie selber ruhte in einem goldenen Himmelbett mit seidenen Kissen und Decken, das Zimmer war so schön, wie sie noch nie eins gesehen hatte. Auf einer Truhe neben dem Bett lagen die prächtigsten Kleider. Als sie verwundert um sich blickte, trat ein Fräulein ein, das ein weißes Gupfhäublein auf dem Kopf trug und tiefe Knickse machte, einen immer noch tiefer als den anderen. Urschl sah sich um, ob wohl noch jemand im Zimmer sei, da merkte sie, dass die Ehrerbietung ihr galt, und wünschte freundlich guten Morgen.

»Befehlen Eure Gnaden das Bad?«, fragte das Fräulein. Da wurde die Urschl ganz verlegen und wollte hinaus, um in dem Bach zu baden. Doch das Fräulein sprach: »Nein, Eure Gnaden, hier im Schloss ist das Morgenbad bereitet.«

Als aber die gute Urschl in dem Bad saß, schwemmte das Wasser des Mädchens Einfältigkeit hinweg. Angetan mit prächtigen Gewändern trat sie in den Speisesaal. Da war ein gedeckter Tisch mit goldenen Tellern, Schalen und Schüsseln, und weißgoldene Sessel mit himbeerfarbenen Seidenpolstern luden zum Sitzen ein.

Jetzt flogen die Türen auf, und herein trat ein jugendlicher Königssohn mit großem Gefolge, der auf Urschl zuging und sie freundlich begrüßte. Als sie ihm ins Antlitz sah, erkannte sie die Züge und die Augen des alten Männleins, nur dass er jetzt jung und gelenkig und kerzengerade war. Der Jüngling sprach zu seinem Gefolge: »Seht, diese liebliche Jungfrau hat uns durch ihre Güte und Geduld erlöst. Sie hat mich gestützt, da ich müde war; sie hat mich gespeist, da mich hungerte; sie hat mich behütet, da mir bange war.« Und als er sie nun bat, seine Frau zu werden, sagte die gute Urschl freilich »ja«.

Beim Hochzeitsfest aber fragte sie ihren Gemahl, was aus ihren Schwestern geworden sei. »Die stolze Kathl habe ich zur Saudirn gemacht, damit ihr der Hochmut vergeht, die Gretl aber muss Geißen hüten, da heißt es am meisten springen, auf dass sie ihre Faulheit loswird.«

Märchen aus der Steiermark

Die Schönste

Es war einmal ein König, der hatte drei Töchter. Alle drei waren ihm teuer, aber die jüngste von ihnen liebte er doch mehr als die beiden anderen, weil sie die schönste war.

Einst beabsichtigte der König, gegen ein feindliches Land zu Felde zu ziehen. Ehe er nun in den Krieg zog, fragte er seine Töchter, was er ihnen mitbringen solle, wenn er siegreich aus dem Feldzug zurückkehre. Da sprach die älteste: »Lieber Vater, ich wünsche mir ein Armband von lauterem Gold.« Die zweite sprach: »Mir magst du einen schönen Schleier mitbringen.« Die dritte und jüngste aber sprach: »Ich begehre keine Kostbarkeiten, ich wünsche nur eine Rose.«

Hierauf zog der König in den Krieg, und nachdem er die Feinde besiegt hatte, erinnerte er sich der Geschenke für die älteste und die mittlere seiner Töchter. Das Geschenk für die jüngste vergaß er, weil es so unbedeutend war.

Auf der Rückkehr nach seinem Reich musste er über ein Meer fahren. Er bestieg mit seinen siegreichen Truppen die Schiffe. Doch kaum waren sie eine kleine Strecke vorwärts gesegelt, so ward das ganze Meer zu Stein, und die Schiffe standen still. Der König konnte dieses nicht begreifen.

Nach einer Weile sagte er: »Vielleicht ist dieses Übel uns begegnet, weil ich nicht an das Geschenk für meine schönste Tochter gedacht habe.« Er kehrte daher in das eroberte Land zurück, begab sich in den Garten des königlichen Schlosses und suchte eine schöne Rose für seine jüngste Tochter. Es gab hier unzählige, aber eine war die schönste von allen. Er trat herzu, um sie abzuschneiden. Doch wie er eben Hand anlegte, vernahm er eine Stimme, die zu ihm sprach: »Schneide mich nicht ab, tust du es doch, so versprich mir, dass du deine jüngste Tochter für lange Zeit hierher senden willst.« Dies versprach der König und schnitt die Rose ab.

Hierauf machte er sich wieder auf den Heimweg, fand das Meer diesmal in seinem gewöhnlichen Zustande, gelangte zu Hause an und überreichte seinen Töchtern die gewünschten Geschenke. Indem er aber der jüngsten die Rose gab, teilte er ihr die Bedingung mit, unter welcher er sie abschneiden konnte. Die jüngste Tochter nahm diese Bedingung an, und schon nach wenigen Tagen reiste sie nach dem Lande ab, aus dem ihr Vater die Rose mitgebracht hatte.

Dort angekommen begab sie sich in den Garten des Schlosses und betrachtete all die schönen Blumen und reifen Früchte, die hier zu finden waren. Und sie strahlte einer Nereïde gleich, so dass der ganze Garten erglänzte von ihrer Schönheit. Als der Abend herankam, ängstigte sie sich, sie suchte einen Menschen, doch nirgends war einer zu sehen. Nach eingebrochener Nacht entschloss sie sich in den Palast zu gehen, zu dem der Garten gehörte. Sie stieg die Treppen hinauf, ging durch eine Reihe von Zimmern und suchte einen Menschen. Doch auch hier zeigte sich niemand. Sie ging weiter und kam in ein prächtiges Gemach, darin stand ein mit frischen Speisen besetzter Tisch. Da sie hungrig war, setzte sie sich nieder und aß. Nachdem sie ihren Hunger gestillt hatte, ging sie weiter und fand ein zweites Gemach mit einem herrlich hergerichteten Bett. Sie legte sich nieder und schlief. Am anderen Morgen stand sie auf, ging in den Garten, blieb bis zum Mittag und begab sich dann, da sie Hunger verspürte, in das Gemach, in dem sie am Vortag gespeist hatte. Den Nachmittag verbrachte sie wieder im Garten. Als sie später ihr Abendbrot eingenommen hatte, legte sie sich schlafen.

Um Mitternacht vernahm sie vor der Türe ihres Schlafgemaches eine klagende, rührende Stimme, die rief: »Öffne mir, bedauerst du mich denn nicht?« Allein sie öffnete nicht, denn sie fürchtete sich.

In der folgenden Nacht hörte sie nämliche Stimme erneut, welche diesmal rief: »Lass mich ein, ich tue dir nichts. Ich liebe dich wie meinen Augapfel.«

Da öffnete sie die Tür in dem Glauben, dass ein unglücklicher Mensch bei ihr Zuflucht suche. Doch als sie geöffnet hatte, was sah sie da? Eine große, furchtbare Schlange, die zischend auf sie zukroch. Die Prinzessin war starr vor Schreck über diesen Anblick, die Schlange aber sprach zu ihr: »Fürchte dich nicht, liebes Mädchen, ich tue dir nichts. Ich liebe dich.«

Darauf entfernte sich die Schlange wieder, kam jedoch von nun an jede Nacht und ward allmählich mit dem Mädchen so vertraut, dass dieses, in Ermanglung eines anderen Gefährten, ohne Furcht mit ihr spielte und sie liebkoste.

Da nun die Prinzessin Mut bekommen hatte, bat sie eines Tages die Schlange, zu ihrem Vater zurückkehren und eine gewisse Zeit bleiben zu dürfen. Die Schlange erlaubte ihr das, fügte aber hinzu: »So du länger ausbleibst, wirst du mich bei deiner Rückkunft nicht mehr antreffen.«

Die Prinzessin reiste also in ihre Heimat. Die vorgegebene Zeit ging zu Ende, allein sie kehrte nicht zu der Schlange zurück. Ihre Schwestern, welche sie hassten, baten ihren Vater, er solle sie zur Rückkehr zwingen. Der Vater war hierüber traurig und hatte keine Lust, seine schönste Tochter wieder fortzuschicken.

Diese aber, als sie sah, wie sehr sie ihren Schwestern verhasst war, kehrte nun freiwillig, wenn auch betrübten Herzens, nach dem verlassenen Lande zurück. Sie ging wieder in den Garten, verweilte hier längere Zeit, begab sich dann ins Schloss, legte sich am Abend schlafen, doch die Schlange zeigte sich nicht mehr, weder in dieser noch in den folgenden Nächten. Die Prinzessin war sehr betrübt über den Verlust ihres einzigen Gefährten.

Eines Tages weinte sie so sehr, dass die Tränen ihre Wangen erhitzten und sie genötigt war, zu einem nahen Brunnen zu gehen, um sich zu waschen. Da erblickte sie plötzlich im Brunnentrog die Schlange, die jedoch halbtot war. Von Mitleid ergriffen, streckte sie ihre Hände aus und nahm die Schlange aus dem Troge heraus. Diese blieb unbeweglich liegen. Nachdem die Prinzessin sie geraume Zeit gepflegt und liebkost hatte, hörte sie auf einmal ein furchtbares Krachen. Und ehe sich die Prinzessin von ihrem Schreck erholen konnte, sah sie zu ihrem Erstaunen anstelle der Schlange einen wunderschönen Jüngling, der sie in die Arme nahm und zu ihr sprach: »Fürchte dich nicht, ich will dir alles erzählen. Einst liebte eine Nereïde mich so heftig, dass sie mich zum Gatten begehrte. Da ich darauf nicht eingehen wollte, verwandelte sie mich in eine Schlange, verfluchte mich und sprach: ›So lange sollst du eine Schlange bleiben, bis eine andere Geliebte sich für dich findet, die so schön ist wie ich selber.‹ Ich hoffte nicht, eine zweite zu finden wie jene, allein du bist ebenso schön.« Hierauf nahm er sie bei der Hand und führte sie ins Schloss. Jetzt ward die Prinzessin gewahr, dass über allen Türen des Palastes geschrieben stand: »Das Schloss der Schönsten.« Und sie merkte, dass sie die Schönste sei. Der Jüngling nahm sie zur Frau, und sie lebten glücklich und zufrieden.

Märchen aus Griechenland

Die verzauberten Schwanenfrauen

Vor langer Zeit stand am Ufer des Parsteiner Sees mitten in einem schönen Garten ein Haus, das drei junge Mädchen bewohnten. Ihre Zeit verbrachten sie ganz allein damit, die vielen, vielen Blumen zu pflegen, die dort in seltener Pracht blühten. Keine von ihnen dachte daran, jemals das Haus zu verlassen oder zu heiraten, denn nach dem Tod ihres Vaters hatten sie einander gelobt, für immer zusammenzubleiben.

So vergingen die Jahre, und um das Haus wurde es immer stiller. Wieder einmal war es Frühling geworden. Die Mädchen saßen in ihrem Garten und schauten über den See, der ruhig im Schein der Abendsonne vor ihnen lag. Da überkam sie eine seltsame Schwermut. Sie begannen, über ihr einsames Leben zu klagen, und berieten, was sie tun könnten, ohne sich trennen zu müssen.

Während sie noch sprachen, hörten sie vom See her ein mächtiges Rauschen und Flügelschlagen. Erschrocken verstummten die Mädchen, denn plötzlich stand ein Mann vor ihnen, hoch gewachsen und stattlich, in einen weiten, dunklen Mantel gehüllt. Ein großer Hut verdeckte sein Gesicht, so dass man nur den roten Bart sehen konnte.

Der Fremde sprach: »Ich habe Eure Klage vernommen und wüsste Euch einen Rat zu geben. Drei Söhne habe ich, die sind jung und schön und Euer wohl würdig. Wollt Ihr deren Frauen werden und ihnen in Liebe und Treue ergeben sein, so seid morgen Abend bereit; dann will ich Euch zu ihnen führen. Es soll Euch an nichts fehlen, und Ihr werdet Euer Leben lang beisammen sein.«

Mit diesen Worten verschwand er. Nur fern über dem See rauschte es bald danach wieder wie von Flügelschlägen.

Die Mädchen saßen wie verzaubert. Endlich erhob sich die älteste von ihnen und trat langsam ins Haus. Die beiden Schwestern folgten ihr. An diesem Abend sprachen sie nicht mehr miteinander, still und sinnend gingen sie in ihre Kammern.

Als am darauffolgenden Abend der Mond über dem See stand, warteten alle drei bräutlich geschmückt, mit ihren schönsten Kleidern angetan im Garten. Wieder hörten sie Rauschen und Flügelschlagen über dem See, und schon stand der Mann in seinem weiten, dunklen Mantel vor ihnen. Er begehrte zu wissen, ob er sie zu seinen Söhnen führen sollte.

Jetzt wurde den Mädchen angst, und sie zögerten mit der Antwort. Freundlich sah der Unbekannte auf sie nieder und sprach:

»Seid ohne Furcht, denn es wird Euch gut gehen!«

Die Älteste fasste Mut und erwiderte, sie seien gewillt, ihm zu folgen, doch müsse er versprechen, sie niemals voneinander zu trennen und einmal jährlich in ihren Garten zurückkehren zu lassen.

»Dieser Wunsch soll Euch stets erfüllt werden«, versicherte der Fremde. »Und jetzt ergreift dieses Seil hier!«

Er hielt ihnen ein Seil hin, das um seinen Mantel geschlungen war. Sie fühlten, dass es glatt und feucht und wie aus Wasserpflanzen gewunden war, und ein Schauder überkam sie.

In demselben Augenblick waren sie in drei weiße Schwäne verwandelt, die ihre Schwingen breiteten und im Mondschein über den See flogen. Sie kreisten eine Zeit lang über dem See, ließen sich dann auf dem Wasser nieder und verschwanden darin.

Jedes Jahr aber, an demselben Tag, an dem dies geschehen, kamen die drei Schwäne aus der Tiefe herauf und schwammen über den See. Dann erhoben sie sich mit Schreien und Flügelschlagen in die Lüfte und besuchten ihren Garten.

Die Menschen fürchteten sich vor ihnen, denn sie glaubten, dass ein Mädchen in seinem Liebeskummer ins Wasser ginge und ertrinken müsste, wenn es den Schrei der Schwäne vernähme.

Längst war das unbewohnte Haus zerfallen, doch zur Sommerszeit blühten in der Wildnis des Gartens die herrlichsten Blumen. Die Leute hüteten sich wohl, sie zu pflücken, denn sie gehörten ja den drei Mädchen, die einmal im Jahr in ihren Garten zurückkehrten.

Märkische Sage

Das Schlangenkind

Es war einmal ein König, der bekam keine Kinder. Er hatte aber einen Wesir, der drei Mädchen hatte, und die Frauen der beiden hatten einander sehr lieb. Da geschah es eines Tages, dass sie zusammen in einen Garten gingen, um daselbst den Tag zu verbringen, und während sie dort miteinander aßen und tranken, sprach die Königin zur Wesirsfrau: »Du hast drei Mädchen, und wenn ich nur einen Sohn hätte, würden wir nicht Schwägerschaft miteinander machen, da wir uns so lieb haben?« Und jene antwortete: »Ach ja, das wäre sehr schön, wenn du nur einen Sohn hättest, aber leider hat dir unser Herrgott keinen geschenkt.« Da rief die Königin: »Ach, ich wollte, dass mir Gott einen Sohn schenkte, und wenn es auch eine Schlange wäre.«

An demselben Abend schlief die Königin bei dem König, und ihr Leib wurde gesegnet, und als ihre Zeit kam, gebar sie eine Schlange, so wie sie es sich gewünscht hatte. Diese wuchs schnell heran und sprach eines Tages zu ihrer Mutter: »Höre, Mutter, erinnerst du dich, was du mit der Wesirsfrau verabredet hast, als ihr zusammen in jenem Garten waret? Ich will eine von ihren Töchtern zur Frau, gehe also hin und wirb für mich um die älteste.«

Da machte sich die Mutter auf und ging zur Wesirsfrau und sprach: »Ich wünsche deine älteste Tochter zur Ehefrau für meinen Sohn.« Da erwiderte jene: »Was, ich sollte meiner Tochter eine Schlange zum Manne geben? Das wird nimmer geschehen, gehe deiner Wege und sprich nicht mehr davon.« Da kehrte die Königin ganz traurig zu ihrem Sohn zurück und sprach: »Sie will dich nicht.«

Darüber vergingen ein paar Jahre, dann aber sprach die Schlange wiederum zu ihrer Mutter: »Höre, Mutter, gehe noch einmal zur Wesirsfrau und sage ihr, dass sie mir ihre zweite Tochter zur Frau geben solle.« Da machte sich die Mutter wiederum auf, ging zu der Wesirsfrau und sprach: »Mein Sohn schickt mich und hält um deine zweite Tochter an.« Über diesen Antrag aber wurde jene sehr ungehalten und sprach: »Schere dich deiner Wege und sprich mir nicht mehr davon, dass ich meinen Töchtern eine Schlange zum Manne geben solle.« Da kehrte die Königin betrübt nach Hause zurück und sagte zu ihrem Sohne: »Sie will dich nicht.«

Als nun wieder ein paar Jahre vorüber waren, da sprach die Schlange zu ihrer Mutter: »Höre, Mutter, gehe noch einmal zur Wesirsfrau und sage ihr, sie solle mir ihre dritte Tochter geben, und wenn sie das nicht täte, so würde ich eines Nachts in ihr Haus kommen und sie alle umbringen.« Da machte sich die Mutter auf, ging zur Wesirsfrau und richtete ihr unter vielen Tränen den Auftrag ihres Sohnes aus. Als die Wesirsfrau das hörte, erschrak sie sehr und wusste nicht, was sie tun sollte, denn: gibt sie das Mädchen nicht her, so kommt die Schlange und bringt sie alle ums Leben, und gibt sie es her, so fürchtet sie, dasselbe in den Tod zu schicken. Sie rief also das Mädchen herbei und fragte sie: »Höre, mein Kind, willst du die Schlange der Königin zum Manne nehmen?« Das Mädchen aber erwiderte: »Ich will es mir überlegen.«

Darauf ging das Mädchen zu einer klugen alten Frau, erzählte ihr den Hergang und fragte sie, was sie tun solle. Die Alte aber sprach: »Sage ja, mein Töchterchen, denn das ist gar keine Schlange, sondern ein Mann, der in der ganzen Welt seinesgleichen nicht hat. In der Brautnacht musst du aber vierzig Hemden anziehen, denn die Schlange hat vierzig Häute, und wenn ihr dann zu Bette geht und sie zu dir sagt: ›Zieh dich aus‹, so musst du antworten: ›Zieh dich auch aus.‹ Da wird dein Mann eine Haut ausziehen, und du musst es mit dem obersten Hemde ebenso machen, und so musst du fortfahren, bis er die vierzigste Haut abgezogen hat, dann sollst du sehen, was für ein schöner Mann vor dir steht.«

Als das Mädchen von der Alten zurückkam, sagte es zu seiner Mutter: »Liebe Mutter, ich will die Schlange zum Manne nehmen.« Und diese rief: »Ei, ei, mein Töchterchen! Fürchtest du dich denn nicht, bei einer Schlange zu schlafen?« Das Mädchen aber sprach: »Lass dich das nicht kümmern.« Als die Mutter sah, dass es ihrer Tochter ernst sei, schickte sie zur Königin und ließ ihr sagen, dass sie die Verlobungs- und Hochzeitsfeier zurichten lassen solle, und an einem Sonntage machten sie sich auf, nahmen die Ringe und die Schlange mit, die zu einem großen Ringel gerollt in einem Korbe lag, und hielten Verlobung und Hochzeit.

Als darauf die Brautleute zu Bette gingen, da sprach die Schlange zur Braut: »Entkleide dich.« Und diese erwiderte: »Entkleide dich auch.« Und so zogen sie nacheinander die vierzig Hemden und die vierzig Häute ab, und als die Schlange ganz ausgezogen war, war sie ein junger Mann, von dessen Schönheit das ganze Zimmer glänzte. Darauf schliefen sie miteinander, und der Leib der jungen Frau wurde gesegnet.

Am andern Morgen schlüpfte der Mann wieder in die vierzig Schlangenhäute und sprach zu der jungen Frau: »Hüte dich wohl, irgend jemand zu erzählen, dass ich ein Mann bin, bis du geboren hast, denn dann wird es bekannt werden, doch wenn du es früher tust, schlüpfe ich in ein Loch und geh' davon, und du hast mich verloren.«

Die junge Frau sprach: »Sei unbekümmert, ich verrate dich gewiss nicht.«

Sie fand aber ihre Last mit ihrer Mutter, denn diese quälte sie ohne Unterlass, sie möge ihr doch sagen, wie sie mit der Schlange lebe und wie sie schwanger geworden sei. Die junge Frau antwortete stets nur, dass es ihr gutgehe, und hielt sich acht Monate lang gegen alle Angriffe; da setzte ihr aber eines Tages die Mutter so lange zu, bis sie sich nicht mehr halten konnte und herausplatzte: »Ei, Mutter, ist denn das etwa eine Schlange oder ist es ein Mann, wie es auf der Welt keinen andern gibt?« Kaum hatte sie dies gesagt, so bereute sie freilich ihre Schwatzhaftigkeit, aber es war zu spät; denn in derselben Nacht verschloss ihr die Schlange den Schoß und ging weg.

Die junge Frau wartete die ganze Nacht, eine Woche, einen Monat, aber ihr Mann kam nicht zurück. Da verfiel sie in große Betrübnis, sie klagte, weinte und jammerte und wusste nicht, was sie anfangen sollte. Endlich fasste sie den Entschluss, ihren Mann aufzusuchen. Sie zog also Nonnenkleider an und wanderte aufs Geratewohl in die Welt. Nachdem sie eine Weile gewandert war, begegnete sie einer alten Frau, und die fragte sie: »Wo willst du hin, mein Kind?« Da sagte ihr die junge Frau: »So und so ist es mir ergangen, mein Mann hat mich verlassen, und nun gehe ich, um ihn aufzusuchen.«

Die Alte sprach darauf: »Steige da hinauf, auf jenen Berg, da oben ist eine Quelle mit faulem Wasser, in dem Würmer und Ungeziefer schwimmen; von diesem musst du trinken und dabei sagen: ›Ach, was ist das für gutes Wasser.‹ Und während du an dem Rande der Quelle stehst, sage dreimal: ›Erde, öffne dich und verschlinge mich, wie du auch meinen Mann verschlungen hast.‹ Dann wird sich die Erde öffnen, und du musst hinuntersteigen, und unten wirst du die Schwestern der Sonne finden, und die werden dir sagen, wo dein Mann ist.«

Da stieg die junge Frau auf den Berg, den ihr die Alte gezeigt hatte, und fand jene faule Quelle. Sie trank von dem

Wasser und sagte dazu: »Ach, was für gutes Wasser ist das, wie Kristall!« Und dann rief sie dreimal: »Öffne dich, Erde, und verschlinge mich, wie du auch meinen Mann verschlungen hast.« Da öffnete sich die Erde, und sie stieg hinunter und kam zu der jüngeren Schwester der Sonne. Die stand an dem Ofen und wollte Brot backen, und um ihn auszuwischen, brauchte sie ihre Brüste, und ihre Hände dienten ihr statt der Ofenschaufel. Als die junge Frau das sah, hatte sie Mitleid mit ihr; sie suchte daher so lange, bis sie ein Wischtuch und eine Ofenschaufel fand, und brachte sie der Schwester der Sonne. Darüber freute sich diese sehr und fragte die Frau: »Was soll ich dir für das Gute geben, das du mir erwiesen hast?«

»Ich verlange weiter nichts, als dass du mir sagen sollst, wie ich meinen Mann wiederfinden kann, denn er hat mich verlassen, und so und so ist es mir mit ihm ergangen.« Darauf erwiderte die Schwester der Sonne: »Gehe ein Stückchen weiter hinauf, dort wirst du meine ältere Schwester antreffen, und die wird dir sagen, wo dein Mann ist.«

Da stieg die Frau etwas weiter aufwärts und fand jene Schwester der Sonne, wie sie gleich ihrer Schwester den Backofen mit ihren Brüsten und ihrer Zunge reinigte. Da lief sie so lange herum, bis sie ein Wischtuch und eine Ofenschaufel fand, und brachte es ihr. Darüber freute sich die Schwester der Sonne und sprach: »Sage mir, mein liebes Leben, was ich dir für die Wohltat geben soll, die du mir erwiesen hast?« Und die Frau antwortete: »Ich verlange weiter nichts, als dass du mir sagen sollst, wo mein Mann ist, denn der ist mir davongegangen, und ich kann ihn nicht wiederfinden.«

Da gab ihr die Schwester der Sonne eine Nuss, eine Haselnuss und eine Mandel und sprach: »Da, nimm das und gehe noch etwas höher hinauf, da wirst du an ein Haus kommen; dort wohnt dein Mann und ist mit einer andern verheiratet.«

Die Frau ging darauf noch eine Strecke bergauf, bis sie an jenes Haus kam. Sie ging hinein, trat vor die Hausfrau und sprach: »Höre, liebe Frau, hast du nicht irgendein kleines Häuschen, in dem ich als Nonne leben könnte?« Da ließ ihr jene eine kleine Hütte geben, in deren Nähe ein Kupferschmied wohnte.

Am folgenden Morgen zerschlug die Nonne die Nuss, welche sie von der Schwester der Sonne bekommen hatte, und daraus kam eine Gluckhenne mit goldenen Küchlein hervor, die hin- und herliefen und - tsiu, tsiu - piepten. Als die Magd jener Frau diese Tierchen erblickte, lief sie schnell nach Hause und sprach zu ihrer Herrin: »Ach, Frau, was hat die fremde Nonne für eine schöne Gluckhenne mit goldenen Küchlein! Wie sind die lieb und niedlich! Die wollen wir kaufen; was tut jene Gottesbraut damit?« Als das die Frau hörte, wurde sie neugierig und sprach: »Gehe hin und frage sie, wieviel sie dafür haben will.«

Da ging die Magd zur Nonne und sprach: »Höre, meine Liebe, wieviel verlangst du für deine Gluckhenne?« Jene aber versetzte: »Für Geld ist sie mir nicht feil, aber ich gebe sie Euch, wenn Ihr mir eine Nacht den Herrn gebt!«

Darauf kehrte die Magd zu ihrer Herrin zurück, erzählte ihr, was sie von der Nonne zur Antwort erhalten hatte, und sprach: »Wir wollen ihr den Herrn auf eine Nacht geben, sie wird ihn ja nicht fressen, wir geben ihm vorher einen Schlaftrunk ein.« Die Frau wollte anfangs nichts davon wissen, aber die Magd redete ihr so lange zu, bis sie es zufrieden war.

Als sich der Herr am Abend zu Bette legte, gaben sie ihm einen Schlaftrunk ein, und als er eingeschlafen war, trugen sie ihn in die Hütte der Nonne und erhielten von ihr die Gluckhenne mit den Küchlein.

Die ganze Nacht hindurch, die der Herr bei der Nonne war, rief diese nichts anderes als: »Gib mir den silbernen Schlüssel, damit ich das goldene Kind gebären kann.« Doch all ihr Rufen war vergeblich, der Herr wachte nicht auf, und bei Tagesanbruch schickte die Frau zur Nonne und ließ ihren Mann abholen.

Darauf zerschlug die Nonne die Haselnuss, und daraus kam ein goldener Papagei hervor, und als den die Magd sah, lief sie zur Herrin: »Ach, Frau, was die fremde Nonne für einen schönen Papagei hat! Der ist ganz von Gold. Den wollen wir kaufen, was braucht die einen Papagei?« Die Frau erwiderte: »Gehe hin und frage sie, was sie dafür haben will.« Da ging die Magd hin und fragte die Nonne, und diese antwortete wie das erste Mal: »Ich will den Herrn für eine Nacht.« Da gaben sie dem Herrn am Abend wieder einen Schlaftrunk ein, trugen ihn zu der Nonne und erhielten dafür den Papagei. Die Nonne aber rief abermals die ganze Nacht hindurch: »Gib mir den silbernen Schlüssel, damit ich das goldene Kind gebären kann.« Doch all ihr Rufen war abermals vergebens, der Herr wachte nicht auf, und bei Tagesanbruch schickte die Frau und ließ ihn wieder abholen.

Der Kupferschmied, welcher in der Nähe der Nonne wohnte, hatte aber vor dem Weinen, was diese die zwei Nächte durch vollführte, nicht schlafen können. Er ging also am andern Morgen zu dem Herrn und sprach: »Lieber Herr, verzeihe mir die Freiheit, ich habe dir aber etwas zu sagen. Die fremde Nonne lässt mich schon zwei Nächte nicht schlafen und macht mich taub mit ihrem ewigen Rufen und Weinen, denn sie ruft in einem fort: ›Gib mir den silbernen Schlüssel, damit ich das goldene Kind gebären kann!‹ Was mag das wohl zu bedeuten haben?« Der Herr aber antwortete: »Wer kann wissen, was für ein Leid die Ärmste haben mag.« Doch die Worte des Kupferschmiedes gingen ihm im Kopf herum, und er begann zu ahnen, wer die Nonne sei.

An diesem Morgen zerschlug die Nonne die Mandel, welche sie von der Schwester der Sonne erhalten hatte, und daraus kam eine goldene Wiege hervor. Als die Magd die Wiege sah, lief sie zu ihrer Herrin und sprach: »Ach, Frau, was hat die fremde Nonne für eine schöne goldene Wiege, man kann sich gar nicht satt an ihr sehen. Die wollen wir für unsere Kinder kaufen. Denn was tut eine Nonne mit einer Wiege?«

»So gehe hin und frage sie, was wir ihr dafür geben sollen.« Da ging die Magd zur Nonne und sagte: »Wieviel verlangst du für deine Wiege?« Und jene erwiderte: »Ich verlange kein Geld dafür, sondern heute Nacht mit deinem Herrn zu schlafen.« Da kam die Magd zurück und sprach: »Sie verlangt kein Geld dafür, sondern wieder heute Nacht mit dem Herrn zu schlafen.«

Als das die Frau hörte, ward sie zornig und rief: »Sie soll zum Henker gehen, den Herrn gebe ich ihr nicht mehr.« Aber die Magd redete ihr zu und sprach: »Für die goldene Wiege könnten wir ihn ihr schon noch einmal geben.« Da ging die Magd hin und sagte es der Nonne und brachte dafür die Wiege zurück.

Als sie aber den Herrn am Abend zu Bett brachten und ihm den Schlaftrunk gaben, da gedachte er der Geschichte, die ihm der Kupferschmied erzählt hatte, er drehte sich auf die Seite, ließ den Trank auf einen Schwamm laufen und versteckte denselben. Er stellte sich schlafend, und Frau und Magd trugen ihn in die Hütte der Nonne. Als diese wie in den vergangenen Nächten rief: »Gib mir den silbernen Schlüssel, damit ich das goldene Kind gebären kann!«, öffnete er die Augen, erkannte seine erste Frau und gab sich selbst zu erkennen. Darauf führte er sie in den Stall, zog zwei gute Pferde heraus, setzte sie auf das eine, stieg auf das andere und ritt mit ihr bis dahin, wo sich die Erde öffnete. Er rief dreimal: »Öffne dich, Erde, wir wollen hinaus.« Da öffnete sich die Erde und ließ sie hinaus. Sowie sie auf der Oberwelt angekommen waren, öffnete er ihren Schoß, und sie gebar einen Knaben, von dessen Schönheit die Erde erglänzte und der bereits neun Jahre alt war.

Darauf ritten sie zum Palaste des Vaters der Frau. Da stellten sie eine große Hochzeit an, aßen und tranken und lebten zusammen bis auf den heutigen Tag.

Es ist nicht ganz wahr, es ist aber auch nicht ganz erlogen.

Märchen aus Albanien

Der Ritter von Morlingen

Einst lebte auf dem Schloss von Morlingen ein bitterböser Ritter. Er war gefürchtet in der ganzen Gegend. Kein Notleidender wagte sich vor seine Pforte, um eine milde Gabe zu erbitten. Tat er es dennoch, so wurden die Hunde des Ritters auf ihn gehetzt, und er wurde mit Schimpf und Schande davongejagt. Ja, der Ritter lachte sogar über die Not der Armen und trieb seinen Spott mit ihnen. Auch seine Diener zitterten vor ihrem Herrn und mieden seine Gesellschaft, so gut sie konnten. Auch seiner Frau gegenüber hatte er ein Herz von Stein. Und so kam es, dass auch ihr Herz sich immer mehr von ihm abwandte.

Nicht weit von jenem Schloss wohnte eine weise alte Frau in einem kleinen Häuschen mitten im Wald. Sie war allen Tieren eine Mutter. Sie verstand ihre Sprache, und die Tiere gehorchten ihr. Man sagte ihr nach, dass sie zauberkundig sei.

Manchmal begegnete der Ritter auf seinen wilden Jagdzügen der Alten. Sie sah ihm gerade ins Gesicht und hielt seinen Blicken stand und wich ihm nicht furchtsam aus, wie es all die anderen Menschen taten. Eindringlich hielt sie ihm seine Hartherzigkeit vor und beschwor ihn, sich zu ändern und ein besseres Leben zu beginnen. All ihre Worte aber nutzten nichts. Der Ritter lachte nur höhnisch über ihre Ratschläge und trieb weiter sein Unwesen.

Eines Tages geschah es, dass die weise alte Frau wieder dem Ritter ins Gewissen redete. Da packte diesen ein unbändiger Zorn. Er schlug der Alten mit der Peitsche ins Gesicht und schrie: »Lass mich endlich in Ruhe mit deinem lästigen Geschwätz, du alte Waldfüchsin, du!« Hierauf wollte er weiterreiten. Aber die Alte hatte Macht über das Pferd, so dass es nicht von der Stelle kam, wie sehr er es auch antrieb. Es blieb stehen, als sei es aus Stein gemeißelt. Die alte Frau sah dem Ritter ruhig in die Augen und sprach: »Du selbst sollst werden, was du mir gewünscht hast. Von nun an sollst du jeden Monat für sechs Tage ein Fuchs sein, immer dann, wenn der Mond wechselt. Nach dieser Zeit sei dir erlaubt, wieder ein Mensch zu sein, wenn du deine Kleider angelegt hast. Aber immer wieder sei ein Fuchs, wenn der Mond wechselt und die Kleider abgetan sind. So soll fortan dein Leben sein!« Der Ritter lachte zwar über diese, wie ihm schien, wirren Worte der Alten, aber doch war ihm ganz und gar nicht wohl dabei. Er war heilfroh, als sein Ross ihm wieder gehorchte, und sprengte eiligst ins Schloss zurück.

Es geschah alles so, wie die Alte es ihm vorhergesagt hatte: Jeden Monat, wenn der Mond zu wechseln begann, ergriff den Ritter ein unbezwingbarer Drang, sein Schloss zu verlassen. Eine seltsame Macht hatte Gewalt über ihn. Er konnte ihr nicht widerstehen. Zwar rief er Zechkumpanen herbei, die ihn halten sollten bei Wein und Würfelspiel. Allein, er konnte nicht anders. Mitten in der fröhlichsten Gesellschaft sprang er auf, verließ plötzlich wortlos den Saal und war verschwunden.

Er rannte geradewegs in den Wald, legte in einem Versteck seine Kleider ab und war sechs Tage lang ein Fuchs, der durch das Dickicht strich. Am siebenten Tage wurde er wieder ein Mensch, sobald er seine Kleider angelegt hatte. Dann kehrte er in sein Schloss zurück. So geschah es zwölfmal im Jahre.

Seiner Frau hatte er stets ausweichende Antworten gegeben, wenn sie ihn fragte, wohin er ginge. Mal waren es Geschäfte, mal Freunde, die er besuchen musste. Schließlich hatte er ihr mit harten Worten verboten, ihn noch einmal zu fragen: »Frag mich nicht nach Dingen, die Männerangelegenheiten sind und keine Frauensachen. Sie gehen dich nichts an!«

Die Frau ahnte bald, dass er sie belog und heimliche Dinge trieb. Da reichte sie ihm viel starken Wein und brachte ihn dazu, dass er schließlich ganz betrunken war. Sie konnte nun in ihn dringen, und er erzählte ihr vom Fluch der alten Frau, von seinem Leben als Waldfuchs, zu dem er verdammt war, sobald der Mond wechselte. Da beschloss sie, sich zu rächen für all das Leid, das er ihr angetan hatte.

Als er nun beim nächsten Mondwechsel wieder das Schloss verließ, da folgte sie ihm heimlich und unbemerkt. Sie versteckte sich im Gebüsch. Da sah sie, wie ihr Mann seine Kleider ablegte, sich in einen Fuchs verwandelte und in einer Erdhöhle verschwand. Schnell sprang sie nun hinzu, nahm seine Kleider an sich und eilte damit zum Schloss zurück.

Als die sechs Tage vorüber waren, fand der Ritter seine Kleider nicht mehr in ihrem Versteck. Wie sehr er sie auch suchte, er konnte sie nirgendwo entdecken. Da erkannte er, dass es wohl seine Frau gewesen war, die ihm diesen Streich spielte. Großer Zorn packte ihn. Er knurrte und schäumte vor Wut. Doch all dies nützte ihm nichts. Er musste nun immer ein Fuchs bleiben.

Als nun der Ritter von Morlingen nicht wieder zurückkehrte, da dachten alle, er sei wohl auf der Jagd zu Tode gekommen. Einer der Diener aber hatte schon lange ein Auge auf die schöne Herrin geworfen. Er umfing sie nun mit Geschenken und erwies ihr Wohltaten, wo er nur konnte. Und so geschah es, dass sie sich in ihn verliebte. Als ein Jahr vorüber war, heiratete sie ihn und erhob ihn in den Adelsstand. Auch schenkte sie ihm die schönen Kleider ihres verzauberten Mannes.

So vergingen sieben Jahre. Da war eines Tages der Herzog von Lothringen auf der Jagd in dieser Gegend. Seine Hunde hatten die Witterung eines Fuchses aufgenommen, stöberten ihn auf und hetzten ihn. Der Fuchs aber rannte geradewegs auf den Herzog zu, legte sich vor ihm auf den Boden, machte seltsame Sprünge und Gebärden, dass dieser sich sehr verwunderte und sprach: »Solch ein Fuchs ist mir meiner Lebtag noch nicht begegnet. Fangt ihn lebend. Wir wollen ihn nach Nancy bringen.«

So geschah es, dass der Ritter von Morlingen als Fuchs an den Hof des Herzogs kam. Er wurde dort in einen großen Zwinger gesperrt. Die Diener und Mägde hatten ihre helle Freude an ihm, machte er doch gar so possierliche Sprünge und Gebärden. Der Herzog war froh, einen solch raren Fuchs zu besitzen. Die Hunde, die sonst vor nichts zurückschreckten, mieden den Anblick des Fuchses in dem Zwinger, als hätten sie Angst vor ihm und trauten ihm nicht.

Eines Tages gab der Herzog von Lothringen ein großes Fest in seinem Schloss. Viele Ritter und Grafen waren geladen. Auch die Frau unseres Ritters war dabei, nebst ihrem neuen Gemahl. Dieser trug die Kleider des verzauberten Ritters von Morlingen. Stolz und eitel schritt er einher. Der Fuchs war inzwischen zum Gespielen des Herzogs geworden und durfte überall im Gelände frei herumlaufen. Wie nun all die Gäste sich auf der Freitreppe versammelten, scherzten und lachten, kam der Fuchs über den Hof gelaufen, strich unruhig zwischen den Edelleuten herum, als ob er etwas suche. Plötzlich sprang er den zweiten Gemahl seiner Frau mit wütendem Gekläff und Gebrüll an. Da zog dieser seinen Degen, um das wild gewordene Tier abzuwehren, das ihm die Kleider vom Leib riss. Doch siehe, da war auf einmal kein Fuchs mehr da! Mitten unter den Gästen stand der totgeglaubte Ritter von Morlingen! Diese stoben entsetzt auseinander. Sobald der Fuchs seine Kleider berührt hatte, konnte er wieder seine menschliche Gestalt annehmen, denn da war der Zauber gebrochen.

Der zweite Gemahl, der plötzlich ohne Kleider dastand, schämte sich sehr und floh. Er wurde nie wieder gesehen. Die Frau aber war vor Schreck in Ohnmacht gefallen. Der Ritter von Morlingen nahm sie in seine Arme und brachte sie zu seinem Schloss zurück. Als die Frau wieder zu sich kam, sprach er mit ihr und verzieh ihr alles, so wie sie ihm alles verzieh. Das Leben als Fuchs in der Wildnis hatte seinen Sinn gewandelt. Alle Bosheit und Hartherzigkeit war von ihm abgefallen. Nie wieder klopften die Armen vergeblich an seiner Türe. Seinen Dienern und Mägden war er wie ein gütiger Vater. Er wollte auch die alte Frau aus dem Wald, die ihn verwünscht hatte, um Verzeihung für den Peitschenhieb bitten. Doch sosehr man auch nach ihr suchte, man konnte sie nicht finden.

Der Ritter wurde von nun an nur noch »Renard«, das heißt »Fuchs«, genannt. Und so heißen auch alle seine Nachkommen bis auf den heutigen Tag.

Märchen aus Lothringen

Der Rabe

Es war einmal ein reicher und mächtiger Graf, der hatte nur eine einzige Tochter, die aber war wunderschön. Nun geschah es, dass der Graf sein ganzes Hab und Gut verlor und bettelarm wurde.

Eines Tages ging er voll Verzweiflung hinaus in den Wald. Er wusste nicht, ob er seinem Leben nicht ein Ende setzen sollte. Wie er so ging, hörte er plötzlich über sich eine krächzende Stimme:

»Stand still und wart a Wil!«

Wie nun der Graf voller Verwunderung stehenblieb, da flog ein riesengroßer schwarzer Rabe zu ihm herab und sprach:

»Wenn du mir deine einzige Tochter zur Frau gibst, dann werde ich dich reicher machen, als du je warst.«

Da ging der Graf nach Hause, nahm seine Tochter bei der Hand und führte sie in den Wald, dem gefiederten Bräutigam zu. Dieser führte den Grafen zu einer großen Tanne, unter der zwei Säcke standen, die prall gefüllt waren mit Gold und Edelgestein. Der Graf lud sich die Säcke auf den Rücken und keuchte eilends hinweg. Zu der Grafentochter aber sprach der Rabe:

»Folge mir nun immer, folge meinem Flug, bis wir an unser Ziel gekommen.«

Die Grafentochter folgte dem Raben über Stock und Stein. Und als die Morgensonne aufgegangen war, kamen sie zu einem Burghof, in dem ein verfallenes Schloss und eine Kapelle standen. Da sprach der Rabe zu der Grafentochter:

»Geh nun in die Kapelle und bete den ganzen Tag für mich und weine um mich. Deine Tränen, die musst du alle in dem

Krug sammeln, der beim Altar steht. Wenn es Abend sein wird, werde ich in den Burghof geflogen kommen. Du musst dann den Krug mit Tränen über mein Gefieder schütten. Dann wirst du mich mit meinem ganzen Volk erlöst haben, denn wir sind verwünscht. Ein mächtiger Fürst war ich einst, und das Schloss wird in seinem alten Glanz wiedererstehen. Doch hüte dich, dass du von den Tränen auch nur einen Tropfen verschüttest, denn dann war alles umsonst.«

Da weinte und betete die Grafentochter den ganzen Tag, und sie sammelte ihre Tränen alle in dem Krug, der beim Altar stand. Als die Sonne sich dem Untergang zuneigte, da flog der Rabe in den Burghof, und die Grafentochter nahm den randvoll gefüllten Krug, doch ach, als sie aus der Kapelle trat, da stolperte sie und vergoss die Hälfte der Tränen. Da sprach der Rabe traurig:

»Bete und weine nun den morgigen Tag wieder und hüte dich, dass du morgen deine Tränen verschüttest.«

Da weinte und betete die Grafentochter den ganzen Tag, und sie sammelte alle ihre Tränen in dem Krug. Als die Sonne sich dem Untergang zuneigte, flog der Rabe in den Burghof, und die Grafentochter fasste den randvoll gefüllten Krug, um ihn über das Gefieder des Raben zu schütten. Doch da zitterten ihre Hände, und sie vergoss ein paar der gesammelten Tränen. Da wurde der Rabe traurig und sprach:

»Versuche es am morgigen Tag noch einmal. Bete und weine und sammle deine Tränen. Doch wenn du morgen wieder von den Tränen verschüttest, dann bleiben mein Volk und ich verwünscht, und ich muss bis zum Ende aller Tage als Rabe durch die weite Welt fliegen.«

Am nächsten Tag weinte und betete die Grafentochter und sammelte all ihre Tränen in dem Krug. Als die Sonne sich dem Untergang zuneigte, flog der Rabe in den Burghof, und wieder war der Krug randvoll mit Tränen gefüllt. Da nahm die Grafentochter all ihre Kräfte zusammen, und es gelang ihr, ohne einen Tropfen zu verschütten, den Krug mit Tränen über das Gefieder des Raben zu schütten.

Da ertönte ein furchtbarer Donnerschlag, und ein Blitz zuckte, so dass die Grafentochter ihre Besinnung verlor. Als sie wieder zu sich kam, stand ein schöner Jüngling vor ihr, und das Schloss stand in all seiner Pracht da, und reich gekleidete Diener liefen ein und aus. Und der schöne Jüngling umarmte und küsste die Grafentochter und sprach:

»Ich war der Rabe, den du nun mit seinem ganzen Volk erlöst hast.«

Da wurde das Hochzeitsfest gefeiert. Sie feierten eine ganze Woche lang, und sie lebten zusammen in Glück und in Frieden.

Märchen aus Graubünden

Die drei verwunschenen Frauen

Ein Kaufmannssohn aus Frankfurt, der von seinem Vater fortgeschickt wurde, weil er keinen guten Lebenswandel führte, kam abends in ein altes Schloss. Er war müde, schlief ein und wurde in der Nacht leise geweckt. Als er erwachte, standen drei schwarze Jungfrauen vor ihm. Er erschrak, sie aber sprachen ihm Mut zu und sagten ihm, er könne sie erlösen, er müsse aber drei harte Proben bestehen. Es werde nachts ein Drache mit sieben Köpfen zu ihm kommen und ihn zu verschlingen drohen, er solle aber nicht fliehen, keinen Laut von sich geben, und der Drache werde ihm kein Haar krümmen können, weil er den Kreis, den sie um ihn, den Kaufmannssohn, ziehen würden, nicht überschreiten dürfe. Kurz vor Ablauf der zwölften Stunde verließen die drei schwarzen Frauen den Saal. Gleich darauf öffnete sich die Türe; der siebenköpfige Drache kam herein und wollte den Kaufmannssohn verschlingen. Dieser aber befolgte den ihm erteilten Rat, und der Drache verließ um zwölf Uhr den Saal. Hierauf erschienen die drei Frauen, waren aber nicht mehr ganz schwarz, sondern Kopf und Brust waren weiß, aber der ganze übrige Leib noch schwarz. Sie waren erfreut und ermunterten ihn, die zweite Nacht, wo der Drache mit mehreren Ungeheuern erscheinen werde, mit gleichem Mute auszuharren. Sie blieben, wie die vorige Nacht, bis gegen zwölf Uhr, und gleich darauf erschien wieder der Drache, aber mit mehreren Ungeheuern, welche auf ihn losstürzten und den Kreis zu durchbrechen drohten, um ihn zu verschlingen. Der Kaufmannssohn erschrak sehr, hielt aber doch die zweite Probe aus. Mit Ablauf der zwölften Stunde verließ der Drache mit seinen Ungeheuern den Saal, und gleich darauf erschienen die drei Jungfrauen. Sie waren weiß bis an den Gürtel, und nur der übrige Körper war noch schwarz. Ihre Freude über seinen Mut war unbeschreiblich, und sie munterten ihn auf, auch die Abenteuer der dritten Nacht, wo der Drache mit noch mehreren Ungeheuern und noch schrecklicher erscheinen werde, mit gleichem Mute zu bestehen. Sie blieben bei ihm bis drei Viertel nach elf Uhr, wo sie den Saal verließen. Gleich darauf kam der Drache Feuer speiend mit unzähligen Ungeheuern in grässlicher Gestalt und wollte den Kreis durchbrechen. Nun übermannte den Kaufmannssohn die Furcht; er schrie, und der Drache und seine Ungeheuer verließen den Saal. Hierauf erschienen die drei Jungfrauen wieder ganz schwarz und waren über die misslungene Probe sehr aufgebracht. Sie berieten sich, was sie mit dem Kaufmannssohne anfangen sollten; die Älteste stimmte, ihn zu töten, die zweite und dritte aber waren dagegen. Endlich, nachdem die Älteste nachgegeben hatte, kamen sie überein, ihn auf einen nackten Felsen mitten im Meere zu verwünschen. So geschah es. Auf dem Felsen aber war ein Bär; dieser fragte ihn, woher und wie er hierherkomme? Der Kaufmannssohn antwortete ihm, dass er es nicht wisse. Als ihn der Bär fragte, ob er essen wolle, und er es bejahte, breitete der Bär ein Tischtuch aus und sagte: »Wünsch dir was!« Er wünschte sich seine liebsten Speisen, die auch sogleich auf dem Tische waren. »Wie geschieht es«, fragte der Kaufmannssohn, »dass diese guten Speisen so schnell da sind?« Der Bär entgegnete, dass er noch andere Sachen habe: ein Hütchen, das unsichtbar mache, wenn man es aufsetze, und ein Paar Stiefel, womit man dreihundert Meilen mit einem Schritt zurücklege. Der Kaufmannssohn dachte nach, wie er sich in den Besitz der Sachen setzen könnte. Nun hatte der Bär auch eine goldene Kugel, mit welcher er spielte. Diese berührte der Kaufmannssohn, worauf sie den Berg hinab in das Wasser rollte. Der Bär, um sie zu haschen, sprang nach. Der Kaufmannssohn aber benützte die Gelegenheit, zog die Meilenstiefel an, setzte das Wunschhütchen auf, nahm das Tischtuch und hatte mit einigen Schritten das Meer zurückgelegt. Sein erster Weg war nun wieder nach dem alten Schloss. Hier angekommen labte er sich durch gute Speisen und freute sich auf den Kampf mit dem Drachen. Als nachts der Drache kam, rief ihn der Kaufmannssohn an, worüber sich der Drache wunderte, weil er niemand im Schloss sah, denn jener hatte sein Wunschhütlein aufgesetzt und war dadurch unsichtbar. Er schlug mit der Haselgerte dem Drachen einen Kopf nach dem andern ab. Um zwölf Uhr sammelte der Drache seine sieben Köpfe und verließ den Saal. Gleich darauf erschienen die drei Fräulein und waren bis an die Brust weiß, der übrige Körper war aber noch schwarz. Wohl vermuteten sie, dass ihr Erlöser da sein müsse, denn sie sahen ihn zwar nicht, aber sie hörten ihn atmen. Als in der zweiten Nacht die drei Jungfrauen wie gewöhnlich den Saal verließen, erschien der siebenköpfige Drache mit mehreren Ungeheuern. Nachdem der Kaufmannssohn sie angerufen hatte: »Seid Ihr wieder da!«, hieb er mit seiner Haselgerte dem Drachen die sieben Köpfe ab und zerschlug die Ungeheuer in Stücke. Die Glieder wuchsen wieder zusammen, und die Ungeheuer machten sich durch die Tür fort. Gleich darauf erschienen die drei Jungfrauen; sie waren bis an den Gürtel weiß, nur der übrige Körper abwärts war noch schwarz. Ihre Freude war unbeschreiblich, nur beklagten sie, dass sie ihren Erlöser nicht sehen konnten; aber der Held behielt sein Wunschhütlein auf und wollte sich erst nach gänzlich errungenem Siege zeigen. Er besah nun die Räume des großen Schlosses näher und bemerkte zu seiner großen Freude, dass die dunkle Färbung der Wände und die Dunkelheit der Gemächer immer mehr verschwand.

Als es Nacht wurde, kehrte er in den Saal zurück, breitete sein Tischtuch aus und wünschte sich gute Speisen. Diese standen auch gleich auf dem Tisch; er labte und stärkte sich für den nächsten Strauß. Die drei Jungfrauen, welche sonst den Saal nie verließen, entfernten sich. Gegen zwölf Uhr öffnete sich die Türe, und der Drache erschien in seiner fürchterlichsten Gestalt, Feuer speiend und mit vielen Ungeheuern. Der Kaufmannssohn rief sie mutig an: »Ich komme gleich! Schon lange warte ich auf euch!« Aber sie konnten ihn nicht sehen; er hieb dem Drachen mit der Haselgerte alle Köpfe ab und zerschlug allen Ungeheuern die Glieder; sie wurden zwar wieder ganz, verließen aber überwunden den Saal. Gleich darauf erschienen die drei Jungfrauen ganz weiß; sie waren erlöst, und ihre Freude würde vollkommen gewesen sein, hätten sie ihren Erlöser sehen können. Da wurde der Saal, welcher zuvor dunkel war, ganz hell, und die Wände leuchteten von Gold. Nun nahm der Kaufmannssohn das Wunschhütlein ab und erschien den drei Fräuleins, welche ihm auf den Knien für ihre Erlösung dankten. Er heiratete die Jüngste und wurde König des entzauberten Reiches.

Märchen aus Bayern

Der Zar und die Schwanenfrau

Eine Maus und ein Sperling lebten ganze dreißig Jahre lang in großer Freundschaft; was eines von ihnen auch fand, das wurde redlich geteilt.

Eines Tages fand aber der Sperling ein Mohnkorn.

›Was gibt's da zu teilen? Einmal picken und weg ist's!‹, dachte er und schluckte es.

Doch die Maus erfuhr davon und wollte nicht mehr mit dem Sperling leben.

»Komm, wir wollen auf Leben und Tod kämpfen!«, sagte sie. »Rufe du alle Vögel zusammen, ich will alle vierfüßigen Tiere aufbieten.«

Und so geschah es. Die Vögel und die Tiere sammelten sich zuhauf und schlugen sich lange, lange herum.

In der Schlacht ward ein Adler verwundet, er flog auf eine Eiche und ließ sich auf einem Ast nieder.

Zu dieser Zeit jagte eben der Zar im Wald. Er sah den Adler und wollte ihn schießen, da rief der Adler mit menschlicher Stimme:

»Schieße mich nicht, Herr und Zar! Nimm mich lieber zu dir in Pflege, du wirst mich noch einmal brauchen.«

Der Zar bedachte sich, dann sprach er:

»Wie sollte ich dich brauchen?«, und wollte den Adler schießen.

Der Adler rief zum zweiten Mal:

»Schieß mich nicht, Herr und Zar! Nimm mich lieber zu dir in Pflege, du wirst mich noch einmal brauchen!«

Der Zar dachte nach, er konnte sich aber nicht vorstellen,

wozu er den Adler brauchen könnte, und wollte ihn also endlich schießen.

Da rief der Adler zum dritten Mal:

»Schieß mich nicht, Herr und Zar! Nimm mich lieber zu dir in Pflege, du wirst mich noch einmal brauchen!«

Da verschonte ihn der Zar, er nahm ihn mit und pflegte und fütterte ihn ein Jahr und ein zweites Jahr. Der Adler aber fraß viel, so viel, dass er dem Zaren das ganze Vieh auffraß. Dem Zaren blieb nicht eine Kuh und nicht ein Schaf mehr übrig.

Da sagte der Adler zum Zaren: »Lass mich frei!«

Der Zar ließ ihn frei. Der Adler versuchte seine Schwingen, aber er konnte noch nicht fliegen.

Er bat: »Nun, Herr und Zar, du hast mich zwei Jahre lang gepflegt; wenn du willst, pflege mich noch ein drittes Jahr. Nimm Vieh auf Borg und füttere mich, es soll dein Schaden nicht sein.«

Der Zar nahm überall Vieh auf Borg und fütterte den Adler noch ein drittes Jahr. Als das Jahr um war, ließ er ihn frei. Der Adler erhob sich hoch in die Luft, dann ließ er sich wieder auf die Erde herab und sprach zum Zaren:

»Nun, Herr und Zar, setze dich auf mich, wir wollen miteinander in die weite Welt fliegen!«

Der Zar setzte sich auf den Vogel, und sie flogen davon. Nach einiger Zeit kamen sie an den Meeresstrand. Da warf der Adler den Zaren ab, der Zar fiel ins Meer und sank bis zu den Knien ins Wasser.

Doch der Adler ließ ihn nicht versinken, er fing ihn mit seinen Flügeln auf und fragte den Zaren:

»Wie, Herr und Zar, du bist doch nicht erschrocken?«

»Gewiss bin ich erschrocken«, sagte der Zar. »Ich habe geglaubt, dass ich ganz versinken würde!«

Sie flogen weiter und flogen über ein anderes Meer. Der

Adler warf den Zaren herab, mitten ins Meer, der Zar sank bis zum Gürtel ins Wasser.

Der Adler aber fing ihn wieder mit den Flügeln auf und fragte:

»Wie, Herr und Zar, du bist doch nicht erschrocken?«

»Gewiss bin ich erschrocken«, entgegnete der Zar. »Ich habe nichts anderes gedacht, als: ›Wenn du mich bloß wieder herausziehst!‹«

Sie flogen wieder weiter und flogen über ein drittes Meer. Der Adler warf den Zaren hinab ins Meer, wo es am tiefsten war; der Zar versank bis über den Hals. Doch der Adler fing ihn zum dritten Mal auf und fragte:

»Wie, Herr und Zar, du bist doch nicht erschrocken?«

»Gewiss bin ich erschrocken«, erwiderte der Zar. »Ja, und mein einziger Gedanke war: ›Gott gebe, dass du mich wieder herausziehst!‹«

»Nun, Herr und Zar, jetzt hast du erfahren, was Todesangst ist! Das war für das Alte, Gewesene; erinnerst du dich, wie ich auf der Eiche gesessen bin und du mich hast schießen wollen? Dreimal hast du auf mich angelegt, und ich habe dich jedesmal gebeten und dich angefleht, du mögest mich nicht umbringen und mich verschonen.«

Darauf flogen sie über die dreimal neun Länder. Lange, lange flogen sie dahin. Da sagte der Adler zum Zaren:

»Sieh um dich! Herr und Zar, was ist über uns, was ist unter uns?«

Der Zar schaute um sich: »Über uns ist der Himmel, unter uns ist die Erde!«

»Schau noch einmal um dich! Was ist zu deiner Rechten, und was ist zur Linken?«

»Zur Rechten liegt freies Feld, zur Linken steht ein Haus!«

»Dorthin fliegen wir«, sprach der Adler. »Da wohnt meine jüngste Schwester.«

Sie ließen sich mitten im Hof nieder. Die Schwester kam ihnen entgegen, sie empfing den Bruder, setzte ihn zum Eichentisch, den Zaren aber sah sie mit keinem Blick an; sie ließ ihn im Hof stehen, ließ die scharfen Hunde los und hetzte sie auf ihn.

Da ärgerte sich der Adler, er sprang vom Tische auf, ergriff den Zaren und flog mit ihm davon.

Und sie flogen und flogen. Der Adler fragte wieder: »Herr und Zar, sieh dich um, was ist hinter uns?«

Der Zar wandte sich um und sah: »Hinter uns ist ein rotes Haus!«

Der Adler sagte: »Es ist das Haus meiner jüngsten Schwester, das brennt, weil sie dich nicht aufgenommen und dich mit scharfen Hunden gehetzt hat.«

Sie flogen und flogen, und der Adler fragte wieder:

»Sieh um dich, Herr und Zar, was ist über und was ist unter uns?«

»Über uns ist der Himmel, und unter uns ist die Erde!«

»Sieh, was ist zur Rechten, und was ist zur Linken?«

»Zur Rechten liegt freies Feld, zur Linken steht ein Haus!«

»Dort wohnt meine andere Schwester; wir fliegen zu ihr.«

Sie flogen in den großen Hof. Die Schwester empfing ihren Bruder und setzte ihn an den Eichentisch; den Zaren aber ließ sie im Hof stehen, sie ließ die scharfen Hunde los und hetzte sie auf ihn.

Der Adler ärgerte sich, sprang vom Tisch auf, ergriff den Zaren und flog mit ihm weg.

Sie flogen und flogen. Der Adler fragte wieder: »Herr und Zar, schau dich um! Was ist hinter uns?«

»Hinter uns steht ein rotes Haus!«

»Da brennt das Haus meiner Schwester«, sagte der Adler. »Doch jetzt fliegen wir dorthin, wo meine Mutter und meine älteste Schwester wohnen.«

Sie flogen dorthin. Mutter und Schwester waren sehr erfreut; sie empfingen den Zaren freundlich und in Ehren.

»Nun, Herr und Zar«, sprach der Adler, »raste ein Weilchen und ruhe dich bei uns aus. Dann will ich dir ein Schiff geben und mich mit dir über alles, was ich bei dir aufgegessen habe, vergleichen. Ziehe heim mit Gott.«

Der Adler gab dem Zaren ein Schiff und zwei Kisten, eine rote und eine grüne, und sprach:

»Gib acht, öffne die Kisten nicht, ehe du heimkommst! Die rote Kiste öffne im Hinterhof, die grüne aber im Vorhof!«

Der Zar nahm die beiden Kisten, verabschiedete sich vom Adler und segelte ins blaue Meer hinaus. Er fuhr bis zu einer Insel und legte dort an. Er ging ans Land; da fielen ihm die beiden Kisten ein. Nun begann er darüber nachzudenken, was denn darin sein könnte und warum ihm der Adler nicht erlaubt hatte, die Kisten zu öffnen. Er dachte und dachte, endlich hielt er es nicht mehr aus, er musste es wissen. Er nahm die rote Kiste, stellte sie auf den Boden und öffnete sie. Da kam eine riesige Herde von allerlei Vieh heraus; es war gar nicht abzusehen, es hatte kaum auf der Insel Platz.

Als der Zar das sah, war er tief bekümmert, er weinte und jammerte:

»Was soll ich jetzt tun? Wie soll ich die ganze Herde da wieder in diese kleine Kiste hineinbringen?«

Er sah auf. Da kam ein Mann aus dem Wasser gestiegen; er trat auf den Zaren zu und sagte zu ihm:

»Herr und Zar, warum weinst du so bitterlich?«

»Ach, wie soll ich nicht weinen?«, antwortete der Zar. »Wie

soll ich denn die ganze Herde da wieder in diese kleine Kiste hineinbringen?«

»Mit Verlaub, ich will deinem Kummer abhelfen, aber unter einer Bedingung: Gib mir das, was du zu Hause hast und wovon du nichts weißt.«

Der Zar dachte sich: »Was hätte ich denn zu Hause, wovon ich nichts wüsste? Ich weiß, denke ich, doch von allem ...«

Er überlegte und sagte zu: »Treib das Vieh in die Kiste, ich will dir das geben, was ich zu Hause habe und wovon ich nichts weiß.«

Der Mann trieb das ganze Vieh wieder in die Kiste; der Zar bestieg sein Schiff und segelte heim.

Als er heimkam, erfuhr er, dass ihm ein Sohn geboren sei. Er herzte und küsste das Kind und brach dabei in Tränen aus.

»Mein Herr und Gebieter, sage mir, warum weinst du so bitterlich?«, fragte ihn die Zarin.

»Ach, es ist nur aus Freude«, entgegnete der Zar. Er fürchtete sich zu sagen, dass er den Sohn hergeben müsse.

Er ging in den Hinterhof und öffnete die rote Kiste, da kamen Stiere und Kühe, Hammel und Schafe heraus, eine Menge von allem Vieh; alle Ställe und Hürden wurden voll.

Dann ging er in den Vorhof und öffnete die grüne Kiste, da breitete sich vor ihm ein großer prächtiger Garten aus, mit allen nur erdenklichen Bäumen und Pflanzen.

Der Zar freute sich so sehr, dass er ganz vergaß, den Sohn herzugeben. Viele Jahre vergingen. Eines Tages bekam der Zar große Lust spazieren zu gehen, er ging an den Fluss. Da stieg jener Mann aus dem Wasser und sprach zum Zaren:

»Herr und Zar, du bist bald vergesslich worden! Erinnere dich daran, was du mir schuldig bist!«

Voll Kummer ging der Zar heim und erzählte der Zarin und dem Sohn die ganze Wahrheit. Sie jammerten und weinten miteinander, dann entschlossen sie sich, den Zarensohn herzugeben; sie führten ihn ans Ufer und ließen ihn dort allein. Der Zarensohn sah sich um, er sah einen Pfad und schritt auf dem Pfade dahin auf gut Glück.

Er ging und ging und geriet in einen dichten Wald. Im Walde stand ein Hüttchen, in dem Hüttchen aber wohnte die Baba Jaga.

»Nun, ich will doch hineingehen«, dachte der Zarensohn und trat ein.

»Sei gegrüßt, Zarensohn«, sprach die Baba Jaga. »Sag, suchst du etwas, oder treibst du dich bloß herum?«

»He, Großmütterchen, gib mir erst zu essen und zu trinken, und dann frage mich aus!«

Die Baba Jaga gab dem Zarensohn zu essen und zu trinken, und der Zarensohn erzählte ihr alles, ohne etwas zu verschweigen, woher und warum er käme.

Das Großmütterchen sagte ihm: »Mein Sohn, geh ans Meer, da kommen tagtäglich zwölf Schwäne geflogen, die verwandeln sich in schöne Mädchen und baden im Meere. Schleiche dich heimlich heran und nimm der Ältesten das Hemd weg. Wenn du dich mit ihr verglichen hast, geh zum Wasserzaren, da werden dir der Vielfraß und der Saufaus entgegenkommen und hernach der berstende Frost; nimm sie alle mit, sie werden dir einmal gute Dienste leisten.«

Der Zarensohn verabschiedete sich von der Baba Jaga, er ging ans Meer und verbarg sich im Gebüsch.

Da kamen die zwölf Schwäne geflogen; sie setzten sich auf die kühle Erde, verwandelten sich in zwölf schöne Mädchen und gingen baden. Der Zarensohn schlich sich heran und stahl der Ältesten das Hemd; er verbarg sich wieder im Gebüsch und saß hinter den Zweigen gut verborgen, ohne sich zu rühren.

Die Mädchen hatten nach Herzenslust gebadet und kamen ans Ufer. Alle zogen wieder ihre Hemden an, verwandelten sich in Schwäne und flogen davon, nur die Älteste blieb allein zurück.

Der Zarensohn trat aus dem Gebüsch; die Schwanenjungfrau begann zu bitten und zu flehen:

»Gib mir mein Hemd wieder, guter Bursche! Wenn du zu meinem Vater, dem Wasserzaren, kommst, dann will ich dir gefällig sein.«

Der Zarensohn gab ihr das Hemd; sie verwandelte sich flugs in einen Schwan und flog ihren Schwestern nach.

Der Zarensohn wanderte weiter. Da begegneten ihm der Vielfraß und der Saufaus und dann der berstende Frost. Er nahm sie mit, und sie kamen zum Wasserzaren.

Als der Wasserzar ihn kommen sah, sprach er:

»Wohlauf, Freund! Warum bist du so lange nicht zu mir gekommen? Ich bin des Wartens müde, mach dich jetzt an die Arbeit. Als erstes baue mir über Nacht eine große, kristallene Brücke. Morgen musst du fertig sein, sonst kostet es dich deinen Kopf!«

Der Zarensohn ging weg und vergoss bittere Tränen.

Da öffnete die Schwanenjungfrau, des Wasserzaren älteste Tochter, das Fensterlein in ihrem Turm und fragte:

»Zarensohn, sag, warum vergießt du so bittere Tränen?«

»Ach, Schwanenjungfrau, wie soll ich nicht weinen? Dein Vater hat mir aufgetragen, ich soll ihm über Nacht eine kristallene Brücke bauen, und ich verstehe nicht einmal mit der Axt umzugehen …«

»Das tut nichts! Leg dich schlafen; der Morgen ist klüger als der Abend.«

Der Zarensohn legte sich schlafen. Die Schwanenjungfrau trat auf die Freitreppe und rief und pfiff mit heller Stimme; da kamen von allen Seiten die Bau- und Zimmerleute gelaufen, sie ebneten den Boden und trugen Ziegel herbei; geschwind errichteten sie die kristallene Brücke, brachten schönen Zierrat an, dann verschwanden sie wieder.

In der Frühe weckte die Schwanenjungfrau den Zarensohn.

»Steh auf, Zarensohn! Die Brücke ist fertig, der Vater kommt sogleich, sie anzusehen!«

Der Zarensohn erhob sich, nahm einen Besen und ging auf die Brücke und fegte und kehrte da und dort.

Der Wasserzar dankte dem Zarensohn:

»Ich danke dir«, sprach er. »Du hast mir einen guten Dienst geleistet, leiste mir nun einen zweiten. Pflanze mir bis morgen einen grünen Garten, groß und schattig soll er sein, und darin sollen Singvögel singen, und auf den Bäumen und Sträuchern sollen Blüten blühen und reife Birnen und Äpfel hängen.«

Der Zarensohn ging weg und weinte bittere Tränen.

Die Schwanenjungfrau öffnete das Fensterchen in ihrem Turm und fragte ihn:

»Zarensohn, warum weinst du so bitterlich?«

»Ach, wie soll ich nicht weinen; dein Vater hat mir doch aufgetragen, ich soll ihm in einer Nacht einen grünen Garten pflanzen!«

»Das tut nichts! Leg dich schlafen; der Morgen ist klüger als der Abend.«

Der Zarensohn legte sich schlafen. Die Schwanenjungfrau aber trat auf die Freitreppe und rief und pfiff mit heller Stimme. Da liefen von allen Seiten Gärtner und Gärtnerinnen herbei und setzten und pflanzten den grünen Garten; in dem Garten sangen Singvögel, an den Bäumen und Sträuchern blühten Blüten und hingen reife Birnen und Äpfel.

In aller Frühe weckte die Schwanenjungfrau den Zarensohn:

»Steh auf, Zarensohn! Der Garten ist fertig, sogleich wird mein Väterchen kommen, ihn anzusehen.«

Der Zarensohn erhob sich und lief mit dem Besen in den Garten. Er fegte da und dort und band ein Ästchen auf.

Der Wasserzar kam und dankte ihm: »Schönen Dank, Zarensohn! Du hast mir treu und ehrlich gedient. Wähle dir dafür eine von meinen zwölf Töchtern als Braut. Sie sind alle gleich von Angesicht, wie ein Haar dem anderen. Dreimal darfst du wählen; findest du dreimal die gleiche heraus, dann bekommst du sie zur Frau; findest du sie aber nicht, kostet es deinen Kopf!«

Die Schwanenjungfrau erfuhr davon; sie wartete auf einen günstigen Augenblick, lief zum Zarensohn und sagte ihm:

»Wenn du morgen raten sollst, gib acht: Beim ersten Mal werde ich mit einem Tuch winken, beim zweiten Mal werde ich mein Kleid richten, und beim dritten Mal wird eine Fliege über meinem Kopf summen.«

Und so fand der Zarensohn die Älteste dreimal heraus. Die beiden wurden getraut, und das Hochzeitsmahl begann. Der Wasserzar ließ eine Menge von allerlei Speisen bereiten, übergenug auch für hundert Menschen, und befahl seinem Schwiegersohn, es müsse alles aufgegessen werden, wenn etwas übrig bliebe, würde es ihm schlecht ergehen.

»Väterchen«, bat der Zarensohn, »ich habe einen alten Mann bei mir, erlaube, dass er auch mitisst!«

»Gut, soll er kommen!«, sagte der Wasserzar.

Alsgleich erschien der Vielfraß; er aß alles auf, und es war ihm noch zu wenig.

Dann ließ der Wasserzar vierzig Fässer mit allerlei Getränken auf den Tisch stellen und gebot dem Schwiegersohn, alles müsse ausgetrunken werden bis auf den letzten Tropfen.

»Väterchen«, bat wieder der Zarensohn, »ich habe noch einen alten Mann bei mir, erlaube, dass er auch mit mir auf deine Gesundheit trinkt!«

»Er soll nur kommen!«

Da erschien der Saufaus, er trank mit einem Male alle vierzig Fässer leer und war noch ganz nüchtern geblieben.

Als der Wasserzar sah, dass nichts verfange, befahl er für die Jungvermählten die Badestube einzuheizen; die Diener heizten die eiserne Wanne, sie verheizten zwanzig Fuhren Holz, bis die Wanne und die Wände rotglühend wurden und man bis auf fünf Meilen nicht herankommen konnte.

»Väterchen«, sprach der Zarensohn, »erlaube, dass der alte Mann, den ich noch bei mir habe, zuerst baden geht und versucht, ob das Bad gut geheizt ist.«

»Er soll nur gehen!«

Der berstende Frost ging ins Bad, er blies in den einen Winkel und blies in den anderen Winkel, da hingen überall Eiszapfen herunter.

Nach ihm traten die Neuvermählten in die Badestube und wuschen und badeten sich ganz gemächlich.

»Fliehen wir vor meinem Vater, dem Wasserzaren«, sprach die Schwanenjungfrau. »Er ist dir böse gesinnt und sinnt Arges gegen dich.«

»Nun, fliehen wir«, sagte der Zarensohn.

Sie ließen sogleich ihre Pferde satteln, bestiegen sie und sprengten auf und davon. Sie ritten und ritten, eine geraume Zeit war schon verstrichen.

»Steige vom Pferd, Zarensohn, und lege das Ohr an die Erde«, sagte die Schwanenjungfrau, »horche, ob du nicht Verfolger hinter uns hörst!«

Der Zarensohn legte das Ohr an die Erde, er hörte aber nichts.

Dann stieg die Schwanenjungfrau selbst vom Pferde und legte sich an die Erde:

»Ach, Zarensohn, ich höre eine gewaltige Meute heranjagen!«

Flugs verwandelte sie die Pferde in einen Brunnen, sich selbst in eine Schöpfkelle und den Zarensohn in einen alten Mann.

Die Verfolger kamen geritten:

»He, Alter, hast du den Jüngling mit der schönen Jungfrau nicht vorbeikommen sehen?«

»Ich habe sie gesehen, liebe Leute, aber schon vor langer Zeit; dazumal, als sie vorbeikamen, da war ich noch jung ...«

Die Verfolger wandten sich um und kehrten zum Wasserzaren zurück. »Nein«, berichteten sie, »wir haben keine Spur von ihnen gefunden, bloß einen alten Mann haben wir gesehen an einem Brunnen, in dem Brunnen ist eine Schöpfkelle geschwommen.«

»Warum habt ihr sie nicht ergriffen?«, schrie der Wasserzar und ließ die Soldaten sogleich hinrichten. Dann sandte er eine andere Schar hinter dem Zarensohn und der Schwanenjungfrau her.

Währenddessen waren die beiden weitergeritten. Die Schwanenjungfrau hörte wieder die Verfolger kommen; sie verwandelte den Zarensohn in einen alten Küster, sich selbst aber in ein altes verfallenes Kirchlein; die Wände standen kaum noch und waren ganz mit Moos überwachsen.

Die Verfolger kamen angeritten:

»He, Alter, hast du nicht den schmucken Burschen mit der schönen Jungfrau gesehen?«

»Ich habe sie gesehen, liebe Leute, aber vor langer, langer Zeit; sie sind vorbei geritten, als ich noch ein junger Mensch war und diese Kirche gebaut habe ...«

Und auch die zweite Schar kehrte wieder um und kam zum Wasserzaren zurück:

»Herr, es war keine Spur zu finden. Wir haben bloß einen alten Küster und ein altes verfallenes Kirchlein am Wege stehen sehen …«

»Warum habt ihr sie nicht ergriffen?«, schrie der Wasserzar noch wütender als vordem und ließ auch diese Soldaten hinrichten.

Dann jagte er selbst dem Zarensohn und seiner Tochter nach.

Diesmal aber verwandelte die Schwanenjungfrau die Pferde in einen Honigfluß mit Ufern aus Grütze, den Zarensohn in einen Enterich und sich selbst in eine graue Ente.

Der Wasserzar stürzte sich ans Grützufer und aß und aß und trank und trank, bis er platzte!

Der Zarensohn und die Schwanenjungfrau aber ritten weiter. Sie kamen schon bis vor den Hof des Zarensohnes, da sagte die Schwanenjungfrau:

»Zarensohn, geh voraus und melde deinem Vater und deiner Mutter unsere Ankunft, ich will hier am Wege auf dich warten. Aber merke dir, was ich dir jetzt sage: Küsse alle, bloß deine Schwester nicht, sonst wirst du meiner vergessen!«

Der Zarensohn ritt nach Hause, begrüßte und küsste alle, küsste aber auch die Schwester; doch sobald er sie geküsst hatte, vergaß er augenblicklich seine Frau, als ob sie nie in seinen Gedanken gewesen wäre.

Drei Tage lang wartete die Schwanenjungfrau auf ihn. Am vierten Tag verkleidete sie sich als Bettlerin, ging in die Hauptstadt und bat eine alte Frau um Aufnahme. Der Zarensohn aber rüstete schon die Hochzeit mit einer reichen Königstochter. Es erging in das ganze Reich der Befehl, dass alle Leute, soviel ihrer seien, an den Hof kommen sollten, Braut und Bräutigam zu beglückwünschen und ihnen einen Kuchen als Geschenk zu bringen.

Auch die alte Frau, bei der die Schwanenjungfrau Unterkunft gefunden hatte, machte sich ans Kuchenbacken. Sie siebte Mehl und bereitete den Teig.

»Für wen machst du Kuchen?«, fragte die Schwanenjungfrau.

«Für wen? Weißt du denn nicht, dass unseres Zaren Sohn die reiche Königstocher heiratet? Ich muss zum Zarenhof und den jungen Eheleuten ein Geschenk bringen!«

»Lass mich auch einen Kuchen backen und zum Zarenhof bringen, vielleicht schenkt der Zar mir etwas.«

»Backe, in Gottes Namen.«

Die Schwanenjungfrau nahm Mehl, knetete den Teig, tat Quark hinein und steckte einen Täuberich und ein Täubchen in den Kuchen und buk ihn aus.

Die Alte ging mit der Schwanenjungfrau zum Palast; dort begann eben ein Festmahl für alles Volk. Die Diener trugen den Kuchen der Schwanenjungfrau auf, und kaum hatten sie den Kuchen aufgeschnitten, da flogen der Täuberich und das Täubchen heraus.

Das Täubchen nahm ein Stückchen Quark in den Schnabel, der Täuberich aber rief:

»Täubchen, gib mir auch davon!«

»Nein, ich gebe dir nichts«, antwortete das Täubchen, »sonst wirst du meiner vergessen, wie der Zarensohn seine Schwanenjungfrau vergessen hat.«

Da erinnerte sich der Zarensohn auf einmal seiner Frau, er sprang vom Tische auf, fand sie, nahm sie bei den weißen Händen und setzte sie neben sich. Und sie lebten miteinander herrlich und in Freuden.

Märchen aus Russland

Nachwort

Das erste Märchen in der Sammlung der Brüder Grimm beginnt mit den Worten: »In den alten Zeiten, wo das Wünschen noch geholfen hat ...« In einem polnischen Märchen heißt es: »Es war aber zu der Zeit, als die Wünsche noch in Erfüllung gingen ...«

Wünsche gehören zum menschlichen Leben wie die Luft zum Atmen. Man mag dies als Fehler ansehen – wie in *Die drei Wünsche:* »Ein junges Ehepaar lebte recht vergnügt und glücklich beisammen und hatte den einzigen Fehler, der in jeder menschlichen Brust daheim ist...« – oder erkennen, wie stark und lebendig menschliche Hoffnung, das Wünschen, sein kann.

In den Märchen begegnen wir den verschiedensten Wünschen: einerseits sind es die wahren, echten, glücklichen Wünsche, andererseits sind es falsch angelegte, törichte, unglückliche Wünsche. Dazu kommen noch die Ver-Wünschungen, die böse zauberkräftige Wünsche, aber auch Erlösung in sich tragen.

Die Märchen sagen etwas Positives aus über die alte zauberhafte Welt, in der sich das Märchen ereignet. Und zu dem Positiven dieser Welt gehört auch: dass das Wünschen damals eine magische Kraft war, weshalb das Wünschen so viel leichter in Erfüllung gehen konnte. Es zog die teilnehmende Hilfe guter und böser Mächte an. Gott und sein Widerpart, der Teufel, gingen auf das rechte oder falsche Wünschen immer wieder ein, über das die Menschen heute oft völlig verwirrt und einseitig denken.

Viele Märchen sagen uns, dass das Wünschen eine elementare Form reinen Wollens und berechtigten Sehnens ist. Denn wo wäre eine echte Hoffnung ohne Wunsch möglich. Zu wünschen sind wesentliche Dinge, wie das Wasser des

Lebens, das Kraut, welches die Verwünschten erlöst... Im Märchen sind, seinem Wesen entsprechend, solche Wünsche erfüllbar, wenn der Wille nur stark und rein genug ist. Alle Hindernisse sind dann mit der Hilfe guter Mächte zu überwinden. Wahres ist des vollen Einsatzes wert – dies ist die Weisheit der Märchen.

In der vorliegenden Sammlung haben wir die unterschiedlichen Wunschmärchen in drei Kapiteln dargestellt.

Den Auftakt bilden die glücklichen Wünsche. Im ersten Märchen *Hansel, der Holzschuhschnitzer* erleben wir, wie der Held sich nicht durch äußeren Schein blenden lässt, sondern seine Wünsche klug und besonnen zum Ausdruck bringt. Dieses Märchen stammt aus dem deutschsprachigen Teil Lothringens und zeigt eine Eigenart dieser Gegend: Der Erzähler wechselt ab und an vom alemannischen Dialekt ins Französische.

Tapalapautau stammt aus dem französischsprachigen Teil Lothringens. Mit ihm haben wir eine besonders reizvolle Variante des Märchens vom *Tischlein deck dich* der Brüder Grimm vor uns.

Im Märchen *Die Tränenfee* sehen wir, wie die Zurückweisung der Eltern eines vermeintlich bösen Wunsches sich zunächst als Unglück für die Heldin auswirkt. Durch ihr eigenständiges Handeln und das Vertrauen in die Tränenfee kann sie sich jedoch am Ende der ganzen Fülle des Glücks, zu dem auch Tränen gehören, erfreuen.

Bei *Bernanoueille* ist es selbstlose Hilfe, die ihm zum Glück gereicht.

Der Sauhirt zeigt, wie Wünsche aus Unzufriedenheit sich ins Unendliche zu steigern vermögen. Im Gegensatz zu *Die drei Wünsche* von Johann Peter Hebel, die bei den »unglücklichen« Wünschen zu finden sind, erkennt allerdings der Sauhirt die Weisheit der Ratschläge Hebels:

»*Merke:* Wenn dir einmal die Bergfei also kommen sollte, so sei nicht geizig, sondern wünsche *Numero eins*: Verstand, dass du wissen mögest, was du *Numero zwei* wünschen sollest, um glücklich zu werden. Und weil es leicht möglich wäre, dass du alsdann etwas wähltest, was ein törichter Mensch nicht hoch anschlägt, so bitte noch *Numero drei:* um beständige Zufriedenheit und keine Reue. *Oder so:* Alle Gelegenheit, glücklich zu werden, hilft nichts, wer den Verstand nicht hat, sie zu benutzen.«

So stellen wir fest, dass die gleichen Wünsche – je nach Charakter und Erkenntnis des Helden oder der Heldin – sich ins Positive oder Negative wenden können. Nicht immer kann man also objektiv und von vornherein von guten oder schlechten Wünschen sprechen. Es ist der Ausgang des Märchens, der hierüber entscheidet. Auch im Märchen *Fingerhütchen* wird das deutlich, das allerdings unter *Verwünschung und Erlösung* zu finden ist.

An zweiter Stelle stehen die unglücklichen und törichten Wünsche. Diese bringen die ewige Unzufriedenheit des Menschen mit sich selbst beziehungsweise mit seiner derzeitigen Lebenslage zum Ausdruck. Das hat zur Folge, dass weder klares Denken noch Überlegen möglich sind. Ein Paradebeispiel hierfür zeigt das Märchen *Mann und Frau im Essigkrug*, eine Variante aus dem Elsass von *Der Fischer und seine Frau*. Interessanterweise taucht dieses Motiv in ganz Europa auf.

In *Der Glasbrunnen* erreicht die Jungfrau mit ihren maßlosen und törichten Wünschen das Gegenteil von dem, was sie wollte. Durch ihre Gewohnheit sich stets Äußerlichkeiten und Besitz zu wünschen, hat sie nicht nur ihre Menschlichkeit verloren, sondern auch das Verhältnis zu ihrer eigenen Seele und zu dem tiefen heimlichen Wunsch nach Liebe. Am Ende verliert sie sowohl den Besitz als auch den Liebsten.

Durch seine Gutmütigkeit und Gastfreundlichkeit erfährt der alte Mann in *Die Feenharfe* die Huld der Feen. Doch der

Missbrauch der Gabe führt zum Verlust derselben. Ein Beispiel dafür, dass die Elementarwesen bei falschem Umgang ihre Gaben wieder zurückholen.

Das alte Männlein zeigt einerseits, wohin egoistische, überspannte Wünsche führen, andererseits wie Mitleid und Menschlichkeit belohnt werden.

Wohin törichte Wünsche führen können, sieht man auch im Märchen *Der Arme und der Reiche,* das vom Titel her an das Märchen der Brüder Grimm erinnert, jedoch einen ganz anderen Verlauf nimmt. Schauen wir uns den Reichen an, so sehen wir, dass nur törichte Menschen törichte Wünsche haben. Er wähnt sich im Himmel und bemerkt nicht, dass er sich in seiner selbst gewählten Hölle befindet.

Haben die Märchen keinen positiven Ausgang für den Helden oder die Heldin, so liegt dies an den besonderen Verhältnissen, nämlich wenn die Wünsche nur aus maßloser Gier entstehen. Mit einer gewissen Genugtuung freuen sich die Leser und Zuhörer an der Vergänglichkeit des Gewünschten wie am Zerrinnen des Scheinglücks, sie erleben das als gerecht. Alles ist nur Schein wie in dem Märchen von *Mann und Frau im Essigkrug.* Ihr letzter unfrommer Wunsch muss nur ausgesprochen werden, und alle zusammengewünschte Herrlichkeit ist spurlos verschwunden.

Um Verwünschung und Erlösung, einem Motiv, das uns immer wieder in der Märchenwelt begegnet, geht es im letzten Teil dieses Buches.

In dem Märchen *Der böse Zauberer und der Apfel* treffen wir einerseits auf den Wunsch nach einem Kinde, andererseits begegnen wir den in Pferdegestalt verwünschten Königen. Die Erlösung kann in diesem Märchen nur durch ein Kind erfolgen.

Die Quelle, deren Wasser in einen Löwen verwandelt, erzählt von dem Bruder der Heldin, der trotz des Wissens um die verwünschte Quelle daraus trinkt, und, von diesem Zeitpunkt an bis zur Erlösung, als Löwe unter dem Schutz seiner Schwester steht. Es ist ein Hohes Lied auf die Geschwisterliebe.

Aus dem Schweizer Jura kommt das Märchen *Der Sohn der Spitzenklöpplerin*. Es erzählt von dem bösen Wunsch eines alten Weibes, der Brigitte – um die jeder einen großen Bogen machte, wenn er ihr begegnete –, die den schönen jungen Bergbewohner verhext hat. Doch die Erlösung kann stattfinden durch eine unbefleckte, reine Lilie.

In dem griechischen Märchen *Die Schönste* ist es der »unbedeutende« Wunsch nach einer Rose, der zum Unheil führt. Die Heldin stellt sich dem Unheil – einem in eine Schlange verwünschten Jüngling – und erlöst ihn mit Mut und Mitleid.

Die verwunschene Alm ist ein Märchen aus der Steiermark mit regionalem Sprachkolorit, das uns durch das ganze Märchen begleitet. Hier, wie im nachfolgenden Märchen, ist die Verwünschung schon im Titel ausgesprochen. Die beiden älteren Schwestern scheitern bei ihren Aufgaben durch ihre Untugenden. Es sind die Tugend der Mitmenschlichkeit, gepaart mit Fleiß und Arbeitswillen, und das Mitleid der Jüngsten, die von allen als Dummling bezeichnet wird, die zur Erlösung führen.

Das Märchen *Die drei verwunschenen Frauen* führt den Helden, der vom Vater wegen unguten Lebenswandels fortgeschickt wurde, in ein altes Schloss. Hier begegnet er seiner Aufgabe, die drei verwunschenen Frauen zu erlösen. Doch dies gelingt ihm nicht beim ersten Mal. Er wird verbannt, trifft dort auf einen Bären, der das besitzt, was der Jüngling zur Erlösung benötigt. Und siehe, beim zweiten Mal, gereift durch die Ereignisse, gelingt sein Vorhaben.

Alle diese Märchen schöpfen aus einer universellen Mythologie. Sie berichten in einer bildhaften Symbolsprache von übernatürlichen Dingen, von magischen Phänomenen und von Wünschen, die in Erfüllung gehen. Sie schildern aber auch alle

Freuden und Leiden, alle Höhen und Tiefen des menschlichen Daseins. Sie vermitteln uns die Stimmung des Wunderbaren und Zauberhaften.

Märchen zeigen uns die Hoffnung auf das gute Ende, Vertrauen auf die eigenen Seelenkräfte, mit deren Hilfe man notfalls durch alle Fährnisse des Lebens hindurchgelangen kann. Märchen nähren unseren Lebensmut und unsere Phantasiekraft. Das Besondere des Märchens, was uns so fasziniert, macht seine Verbindung mit dem Wunderbaren aus. Ganz selbstverständlich wird Natürliches mit Übernatürlichem, Begreifliches mit Unbegreiflichem verwoben. Jenseitige Gestalten begegnen den Helden oder Antihelden des Märchens, als wären sie ihresgleichen. Häufig muss der Held oder die Heldin zum Erlangen der hilfreichen Gaben beitragen, nicht um einer Belohnung willen, sondern weil sein oder ihr Wesen diese Charaktereigenschaften mit sich bringt, und diese oft genug erst dadurch als Tugend positiv in Erscheinung treten können.

Nicht zuletzt führen uns Märchen in die Sitten und Gebräuche bestimmter Landstriche ein. Sie malen uns ein Bild der Almen, der märkischen Seen oder Irlands… Mit dem Helden und der Heldin leben wir ein Stück gemeinsam in den Gewohnheiten, die der Heimat jener Menschen und natürlich der Zeit, in der die Märchen sich ereignen, eigen ist.

Danken möchten wir allen, die uns einen Text aus der Erinnerung erzählt haben, Marlies Hörger für ihre Übersetzungen, Doris Feller-Neff, Helmut Früh und unserer Lektorin Claudia Lazar für die Unterstützung unserer Arbeit.

Dezember 2008 *Sigrid Früh und Hariolf Reitmaier*

Quellenverzeichnis

Glückliche Wünsche

Hansel, der Holzschuhschnitzer
Angelika Merkelbach-Pinck: Volkserzählungen aus Lothringen, Münster 1967;
aus dem Dialekt ins Schriftdeutsche übertragen von Sigrid Früh,

Tapalapautau
Emmanuel Cosquin: Contes populaires de Lorraine, Paris 1886;
übersetzt und bearbeitet von Sigrid Früh

Henri und Henriette
nach der mündlichen Erzählung eines Weinbauern aus der Gegend von Saint Maximin, 1985;
aufgezeichnet und aus dem Französischen übersetzt von Sigrid Früh und Marlies Hörger

Das Graumännchen
Joseph Lefftz: Elsassland-Lothringer Heimat, Nr. unbekannt, Jg. 1932

Der dumme Michel
Adalbert Kuhn: Märkische Sagen und Märchen, Berlin 1843

Bernanoueille
Léopold Dardy: Anthologie populaire de l'Albret, Paris 1891;
übersetzt und bearbeitet von Marlies Hörger

Die Nichtstuerin
Walter Keller: Tessiner Märchen, Frauenfeld o. J.

Die Tränenfee
Paul Stinzi: Die Sagen des Elsass, Colmar 1928

Der arme Schuhflicker
Walter Keller: Tessiner Märchen, Frauenfeld o. J.

Der glückliche Martin
Helen Gehnert: Estnische Volksmärchen und Sagen, Hannover 1964

Mumme Mules Wunschtag
Hans Friedrich Blunck: Märchen und Sagen, Hamburg o. J.

Der Sauhirt
Otto Sutermeister: Kinder- und Hausmärchen aus der Schweiz, Aarau 1869

Unglückliche und törichte Wünsche

Der Arme und der Reiche
nach der mündlichen Erzählung eines Bauern aus der Gegend um Doudeville, 1989;
bearbeitet und mit einem Titel versehen von Sigrid Früh

Das alte Männlein
Johann Wilhelm Wolf: Deutsche Hausmärchen, Göttingen und Leipzig 1851

Die Feenharfe
W. Jenkyn Thomas: The Welsh Fairy Book, London o. J;
übersetzt aus dem Englischen von Marlies Hörger

Mann und Frau im Essigkrug
August Stöber: Elsässisches Volksbüchlein, Straßburg 1842

Das Strohbündel
Paul Sébillot: Littérature orale de l'Auvergne, Paris 1898;
Titel im Original: *On ne travaille pas le dimanche*;
übersetzt und bearbeitet von Marlies Hörger

Wie der Kuckuck bunt werden wollte
Hans Friedrich Blunck: Märchen und Sagen, Hamburg o. J.

Der Glasbrunnen
Otto Sutermeister: Kinder- und Hausmärchen aus der Schweiz, Aarau 1873

Die drei Wünsche
Johann Peter Hebel: Schatzkästlein des rheinischen Hausfreundes, Lahr 1808

Verwünschung und Erlösung

Fingerhütchen
Thomas Crofton Croker: Fairy Tales and Traditions of the South of Ireland;
Irische Elfenmärchen, übersetzt von den Brüdern Grimm, Leipzig 1826

Von der wunderschönen Prinzess, verwünscht im wilden Meer in der Steinklippe
Ulrich Jahn: Volksmärchen aus Pommern und Rügen, Norden und Leipzig 1891

Der böse Zauberer und der Apfel
Hans Stumme: Maltesische Märchen, Gedichte, Rätsel, Leipzig 1904

Die Quelle, deren Wasser in einen Löwen verwandelt
1978 erzählt von Christine Pezeril, die es von ihrer okzitanischen Großmutter gehört hat;
Titel im Original: *La source qui change en lion*;
übersetzt und bearbeitet von Marlies Hörger

Der Sohn der Spitzenklöpplerin
Dr. Chatelain: Contes du soir, Genf 1909

Hans und Urschel
Dietrich Jecklin: Volkstümliches aus Graubünden, Band 2, Zürich/Chur 1874-1878

Die verwunschene Alm
P. Romuald Pramberger O. S. B.: Märchen aus Steiermark, Nachdruck der Ausgabe von Seckau 1946

Die Schönste
Bernhard Schmidt: Griechische Märchen, Sagen und Volkslieder, Leipzig 1877

Die verzauberten Schwanenfrauen
Eduard Handtmann: Neue Sagen der Mark Brandenburg, Berlin 1883

Das Schlangenkind
Johann Georg von Hahn: Griechische und albanische Märchen, Leipzig 1864

Der Ritter von Morlingen
1991 in Saarbrücken in einer Gaststätte am St. Johannermarkt von einem Lothringer erzählt;
aufgezeichnet von Sigrid Früh

Der Rabe
Dietrich Jecklin: Volkstümliches aus Graubünden, Band 2, Zürich/Chur 1874-1878; neu erzählt von Sigrid Früh

Die drei verwunschenen Frauen
Friedrich Panzer: Beitrag zur deutschen Mythologie, Band I, München 1848-1855

Der Zar und die Schwanenfrau
Xaver von Schaffgotsch: Russische Volksmärchen, Leipzig o. J.